明窓千年文庫 3

『新土佐日記』

上野《うえの》 霄里《しょうり》

明窓出版

目次

まえがき

去年の秋、生まれて初めて四国の短い旅をしてみた。外国ならば、アメリカ初め、ヨーロッパ各地を結構歩いて来ている私だが、国内の肝心の処にはかえって行っていない。四国の旅は外国への旅と違って、其処には同じ民族の中の遠い歴史が何処からともなく匂って来るせいか、ごく自然に私の心は何かを書かなければ居られないという気持ちに駆られた。

私はこれまでの多くの人々が口寄せをし、又、言葉を紡いで語って来た文章を、あらゆる意味において咀嚼しながら自分の言葉として使って来たが、私のそういう日記的な、又は文章作用は、よくよく考えてみれば、基本的に建築家が家の形を作るのに似ている。大雑把な家の形が纏まればそれで良い。私自身の内側から出て来る言葉の勢いといったものが、この最初の段階に於いて、この四国論を形成している事に私は些かの疑いも持たない。出来るだけ良い言葉を使ったり、奇麗な文章によって中身を仕上げて行こうとする心は、私の中には全くない。私の文章などは、私の体験した行動の上に建てられた基本的な骨組みに過ぎない。人々に見て貰うとその骨組みでさえ何処かに狂いがある始末である。家を立派に造るよりは、建築学的な間違いをして人々に笑われはしまいかと頑張っているのが、いわゆる「小説家」であり、「文学通の物書き」であるようだ。それから言えば私など建築家の一番下の方の職人にも値しない。かつて私はヘンリー・ミラーからとても大切な「言葉」に関する「格言」とも言うべき物を貰った。

「先ず、考える前に書き出せ。」

どんな人間にも、その人だけの物となった言葉が魂の中に常時噴出している。常に多くの隣人達から様々な言葉を何らかの形で貰っている。それを自分の人生時間の中で逞しく磨き上げ、己の物にする時、其処から先はミラーに言われた様に余り奇麗に創ったり、きらびやかに飾りたてることなく、自分の心の赴くままに書けば良いのである。それこそがその人間の生き方の中で切磋琢磨された宝石のような意味を持っている。

私が、頑丈であるばかりで大雑把に書き上げた言葉を、一つ一つもう一度読み上げてくれるのが、最近私が病気をしてからの妻の役目なのである。椅子に座って口述する私の言葉を筆記してくれる彼女のこの行為なしに、私の身体は然程《さほど》自由に自分の言葉を原稿用紙の上に表現する事がままならないのである。彼女が見詰める目の中で私が拾い上げて使っている言葉は、様々に方向を変え、全く違った言葉となって私の作る家の形、即ち文章の形をかなり大胆に変えていく。私は益々言葉を生みだす自分の力に自信を持つ。

文章を書く時、私はその粗削り《あらけず》の姿をそのまま外に見せるが、その後に来る妻のワープロによる文章行為の仕上げに対して感謝をしている。

この『新・土佐日記』もこういう状態の中で書き上げたものだ。

平成十七年二月

著者

一　プロローグ

私の人生の晩年において、思いもしなかった四国旅行が実現出来たのは、東北は岩手の、或る人物の努力のお蔭であった。彼はこれまでずっと私のために様々なことに力を貸してくれたが、今度の四国旅行についても、四国の友人たちとともに可能な限りのチャンスを作ってくれた。経済的にも精神的にも、そして私と妻に同行してこの旅について歩いてくれたことにも、私は深い感謝をしなければならない。今日のほとんど夢や志のない忙しい時代において、彼のような人間は忽ちチャンスを作り出すものである。彼は岩手から私たちの住んでいる岐阜までの長い距離を、日本海沿いの七号線を何日も掛けて車でやって来てくれた。この長さといい、そのために費やした努力といい、それは現代人が汽車や飛行機で一足飛びに過ごす旅と違って、江戸時代までの人々が費やした途轍《とてつ》もなく精神力と体力を使う旅と同じであった事を思えば、私はそれに対して、どれほどの感謝の心をあらわして良いかその方法を知らない。岩手から岐阜までの日本海沿いの長いドライヴの間に、彼は何度も何度も、今、何処にいるかを知らせるための電話をかけてよこした。それだけではない、名古屋近くにいる私の友人にも電話をかけ、そこには、何処に住もうと本当の生き方が通じ合っている人々の間にしかない深い繋がりが持てていた。

彼が盛岡を発ってから三日目の朝であったと思う。早朝の五時半頃、彼は私の家を訪ねてくれた。それから直に私たちは名鉄で四国の旅の第一歩を始めたのであるが、西春駅に着くとそこには既に名古屋近くに住む友人が車で待っていてくれた。雨の降る中を彼の車はあちこち曲がりながら、間もなく小牧空港に着いた。今は便利な飛行場が在る小牧も、その昔は小牧城と共に長い歴史の跡が残っている。戦国時代の英雄たちが力の限り争った場所の一つもこの辺りであった。小牧長久手の戦いで、豊臣秀吉の軍勢と織田信雄と徳川家康の連合軍がぶつかり、初めは豊臣軍が優勢であったが、次第に膠着《こうちゃく》状態に入り、両軍は和睦せねばならなかった。そんな古戦場の跡に出来た小牧空港から、私たちは名古屋の友人に見送られて、六枚のプロペラを左右につけた小型機で琵琶湖の南端を西に向かって飛んだ。私たちは誰もこういうプロペラ機にこれまで乗ったことがなかったので、空の旅は何とも楽しいものであった。雨が降っていても眼下の風景はしばらく見えていた。やがて雲間に飛行機が入って行くと、何一つ見えるものが無くなったが、行く先の事を考えると、その辺りは姫路であったり、岡山であることが簡単に想像出来た。やがて福山か尾道辺りと思う頃、本来は眼下に因島やその他の瀬戸内海の島々が見えるであろう処を飛んでいることが私には想像が出来た。思い出すと、かつて私の乗ったジャンボ機がアメリカ合衆国の東部を飛んでいた時、遥か眼下に五大湖の一つが日の光を浴びてきらきらと輝いていた。恐らく天候さえ良ければ瀬戸内海も五大湖のそれよりも、一層美しく幾多の島々の間に見え隠れしていたことであろう。更にはモスクワからギリシャに飛んだ時、眼下に見たのは穏やかな中禅寺湖のような凪《なぎ》の海、地中海だった。ある意味ではこの辺りから見る瀬戸内海も、数多い島々の事を考えなければ、そこが地中海のような穏やかな海であるに違いないと思った。そこをヨーロッパの人々が「多島海」と呼ぶのには、当然それなりの意味があるように思える。広島の少し手前で雲は切れ、そこから瀬戸内海の穏やかな海の風景が見えて来た。飛行機は左に曲がり、しまなみ海道の上を飛び、眼下の山々も山陽地方のそれではなく、少しずつ四国らしい山々になって来たのである。昔は、本州と結ぶ橋は一つもなかった。四国に流された人々も、旅の途中四国を訪れた人々も、小さな船で島伝いにここを渡ったことだろう。現代文明の便利さや経済問題など様々な点に力点を置いて、最近は三つも本州と四国を結ぶ大きな橋が架けられた。

あれは四国に巨大な橋が架けられる少し前、私はユーゴスラビアから汽車で一気にトルコに向かった。ヨーロッパ側からアジア側にはまだ四十分ほどで連絡できるフェリーが通っていた。しかし彼方には巨大な橋がこの二大陸を結ぶボスボラス海峡に架けられるところであった。トルコ人が言うには、この国にはあんな大きな橋を架けられる作業員が一人もいず、今あのように半ば架けられた橋の上に乗っているのはみんな日本人だという話だった。四国と本州を結ぶ三つの長い橋も又こういう恐れを知らぬ日本の技術者によって完成させられたものらしい。このような形で本州と四国を結んでいる橋の存在が良いものであるか、又長い歴史の中で一つの大きな島として存在した四国が良かったのか、人によって考えはまちまちである。

飛行機が徐々に高度を落としていく感じから、松山空港が然程先ではないといった思いが私たちには感じられた。やがて伊予の海に落ちるのではないかと思うくらいに水面すれすれに飛ぶ飛行機は忽ち松山空港に着陸した。小雨の中を飛行機は止まり、私たちは歩いて彼方の空港の建物に向かった。この年になるまで一度として訪れたことのなかった四国というこの土地に、私は足を下ろしたのである。これから始まる四日間の旅を思えば、何となく心は嬉しさで一杯になる。かつて子供の頃、漱石の『坊ちゃん』を読みながら、漱石がこの土地に遊んだことがあるのだと思い、そこで体験した彼の話を私は再度別の形で見られるのではないかと心が躍った。昔は高知や高松辺りが四国の中心地であると考えていたが、ごく最近になって、この松山が四国の中心地である事がわかった。いずれにしても、私たちはたった一時間数十分西に飛んだだけでこの松山に着いたのである。漱石がこの松山だけであのような『坊ちゃん』の体験をした事を思い、四国は旅人に与えるものがどれほど多いか私にはよく想像することが出来た。

二　静かな松山

松山はずっと雨だった。松山空港で私たちを出迎えてくれた友人の車で町中をドライヴし、やがてＪＲの松山駅の前に来た。本州や九州と違って北海道や四国には未だ新幹線は通っていない。同じ本州でも、東北本線の脇には新幹線が通っていても、海岸の常磐線はいつまでたっても新幹線とは関係がないようだ。名古屋から東西に、又は南北に走る東海道線は一番最初に新幹線が開通した。それに対し、名古屋から鈴鹿峠を通って大阪に通じる関西本線は、未だに新幹線が通っていない。そんな事も原因してか、松山の人々はこの大きな町の割には松山駅が小さくて淋しい所である事を不満に思っている。しかし私はそうは思わない。本州から外れ、一つの独立した地域として四国はとても良い所だと思う。人々の八十八の札所巡りの遍路の旅は、この四国をとても大切な所にしている。今では三つの巨大な連絡橋が山陽地方と四国の間に通っている。これまで連絡船でしか行き交う事のなかったこの辺りが、とても便利な処となった事は、色々な難しい問題を抱えてはいるだろうが、この辺の人々にとっては大きな喜びであろうと私は思っている。かつて私はトルコを訪れた時、イスタンブールからアジア側に架けられた大きな橋を見て、それが日本のとび職の手に依って造られているのを知った。トルコの友人たちは、このボスボラス海峡を挟んで架けられて行く橋に大きな目をして驚き、こうも言った。「日本には世界では未だ見られる事もない橋が幾つも造られているそうだ。」私は帰国してから新聞記事として、テレビのニュースとして騒がれていた島並海道などの事を知ったが、外国ではこういう、四国と本州を結ぶ橋が驚きの目で見られているということは、それだけ四国の存在が忘れられてはいない事を証明しているような気がする。松山のJR駅の前には正岡子規の句碑が建っているのに目が止まる。何処までいっても松山は、短い人生を送った子規を忘れることなく、彼の句は色々な所で詠まれている。彼の句は或る水彩画の画家のそれの様に、生活全般の短い言葉による短い風刺文である。彼は絵の具をほとんど使わず水の匂いの中に日本の風土を実にはっきりと写していった。これまでの俳句とは違った日本人の新しい心を私はそこに見るのである。

松山は久松松平藩の城を中心として広がっていった城下町である。私は自分の拙い句を車の窓から雨の松山城を眺めながら、次のように詠んだ。

人しずか　十五万石の　夢のこり

確かに久松松平藩は、あの山の上に十五万石の異風を留めている。しかし彼らはここに封じられた時、初め五層であった天守閣を、徳川幕府に対する色々な事情があったのか、三層にまで落とした。本当はケーブルカーやリフトに乗って、この城の上まで案内してくれると友人は予定してくれていたのだが、生憎の雨の中で、下の方から眺めるだけに終った。これは反って良かったような気もした。通りから松山城を見上げたり、松山大学の校舎の脇を通りながら私はこの伊予松山という町をずっと見つめていた。

正岡子規もこういう町に生まれたのか、と、私はしとしと降る雨の中で感慨深かった。少年の頃は升《のぼる》というのが彼の幼名であった。彼の短い一生の間に使われた号は百を超えたが、やがてアメリカの野球に夢中になると、彼は自分の号に幼名の「のぼる」を合せ、「野球《のぼーる》」の号も使ったようである。確かに松山は「俳都松山」とも言われ、子規を考えずにこの町の風景をただ眺めるという事は出来ない。俳句の革新運動を興し、芭蕉たちの時代まで盛り上がっていた俳句が、やがて徐々に下り坂になり、地方の金持ちたちのつまらない芸事に落ちた時、子規の出現には特別なものがあった。彼は間違いなく俳句のみならず、短歌の革新的な運動においても、中興の祖であった。しかし人間にはその人なりの寿命があるようだ。彼は脊髄カリエスという痛みの伴う病の中で苦しみつつも、多くの俳句や短歌の友を持ち、弟子を持ち、豊かな一生を短い命の中に凝縮して過ごした。松山の人々は他の地方の人々以上に『ホトトギス』や『アララギ』に継承されていった日本短歌文学の事実を決して忘れることはないようだ。町のあちこちには松山市民が投稿する俳句を受止めるポストのようなものがあり、今なお子規の心は活き活きとこの町のあちこちに生きているようだ。子規の俳句は、そのまま松山の城下町を美しく詠んでいる。

春や昔　十五万石の　城下かな

この彼の句からも分かるように、松山は子規の町であった。私が訪れたこの町は、雨の静かに降る秋の一日であり、そこには、聳《そび》える久松藩の威容も、何処かしら泣いているようであった。

夏目漱石を思い出させるように、坊ちゃん列車が広い町中を走っていた。あれが坊ちゃん列車だと友人が教えてくれた時、幼い頃に読んだ『坊ちゃん』

の中の場面が一つずつ走馬灯の様に私の中に浮かんでは消えた。

三　一草庵

長い間日本中の山々を、又、村や町を駆け巡った、沙門であって沙門でなかったような良寛に似た山頭火を、私は永らく感動して眺めていた。どんな俳句らしい俳句を上手に作る俳人たちよりも、俳句でない俳句を、実に変った生活の中で、折々に作っていった山頭火の言葉の一つひとつに凄味を感じたのは私だけであろうか。かつてヘンリー・ミラーは私を励まして、こう言ってくれた。「先ず何も考えずに、ただ書き始めればよい」と。

私は初めて四国の地を訪れた。その最初の地は、松山であった。山頭火は長い本州の旅の後、そろそろ身体も弱ってきたのか、「行っても行っても　青い山だ」という生活に疲れ、四国松山の高橋一洵氏という松山商大（現松山大学）の教授に「伊予に死にたし」と書いている。私たちは浅山先生の案内で、山頭火が晩年を過ごした「一草庵」を訪ねることが出来た。丁度その日は山頭火の六五回忌であり、その法要が午前中に執り行われていたようだ。私たちはその後に未だ香の香りの漂う一草庵を訪ねた。「まつやま山頭火の会」の会長である熊野氏やこの一草庵に山頭火が住める様に働いてくれた高橋一洵氏の子息、高橋正治氏、そして名古屋から来た何人かのテレビ関係者などの人々にも会うことが出来た。山頭火はこのような一草庵に身を置いてどんなに安心したことだろう。そこで作り、未だ世に出していない多くの作品が日記の中にあった。それをごく最近高橋正治氏が編集して本にした。そこには少し心に余裕があったのか、山頭火は、古風な詠み方で

「空腹に　紫茶を入れて　昼寝かな」

と詠っている。ところがその次にはちゃんと彼らしい自由闊達な態度で

「食べるものがない　蝿を打つ」

と書いている。「やれ打つな　蝿がてをすり　あしをする」というあの一茶の句に比べて、如何にもヒッピー的な山頭火の生き方が見えるようだ。又秋の一日、山頭火はこのようにも詠っている。

「長生すればほんとうに　恥ぢ入る風は秋」と。

この一草庵に落ち着いた山頭火は遠方からやって来た彼の息子にも出会っ

ている。よほど彼は家族に会いたかったのであろう。彼の世話をしてくれていた一洵教授の名で、「チチキトク　スグコイ」と電報を打った。息子が来てみると元気な父がそこにいた。半ば呆れた息子はそれでも父に不平も言わず、又戻って行った。日本中を歩きながら路傍に落ちていたクリームの空きビンの匂いを嗅ぎ、女の優しい安らぎを得たのも山頭火らしい一面であった。人生のあらゆる面を何一つ恥じることなく表に出せた彼であって初めて、ああいう形の自由な、俳句でない俳句を作ることが出来たのである。それだからこそ、彼の俳句は大きな凄味を持って私たちの心に響くのである。彼は全てをそのまま詠った。

「黄金虫　ぶッつかつても　鳴いてもはいれない」

この山頭火を思う時、私は尺八の名人であり、社会の一切の約束ごとなど無視して堂々と生きた、海童道道士を重ねて見ない訳にはいかない。

既に別れてしまった彼の妻は、九州の方で駄菓子屋か雑貨屋のようなものをやっていた。彼女は折に触れて山頭火の下《もと》に下着などを小包にして送ってよこした。別れてしまった妻からのこういう心遣いに対し、彼はどんな気持だったろうか。山頭火はあのように自由気ままに生きていた人物だったが、ただそれだけの酒飲みの男であった訳ではなかった。別れた妻もこのような彼の態度の中には、人間としての魅力の一面を見ていたに違いない。

十才にも満たぬ年ごろで山頭火は井戸に飛び込んだ母親を見るという体験をしている。女遊びの忙しかった父親に心まで痛めつけられ、それが因で井戸に飛び込んだ母の自殺が、山頭火のその後の一生に大きく響いたらしい。大学を途中で止め、父と一緒に自分の家の酒蔵から取り出した酒を飲み続け、結局この大きな酒屋を潰してしまった。そんなところからスタートした彼の放浪の人生は、誰にも起こる一面として私にはよく分かる。人生の隠れている裏の裏を見てしまった彼であるから、いわゆる五七五の俳句は作る気にはならなかったのであろう。五七五の中に人生の全ての隠しごとが隠されていない現実をはっきりと知っていた彼は、とにかく裸の本当の心と身体を持ちたかった。いつの世でも、そう願いながらその様には生きられない人の世であれば、山頭火は稀に見る本当の奇麗な心の人間なのかも知れない。

しとしとと庭に雨の降る一日、私は彼の法要の残り香の中で尊いものを得たような気持ちになった。人間は誰も晩年に至って、夫々の「一草庵」がなくてはいけない。そこに降る秋雨こそ、その人間を益々大きなものにしていく筈である。

「火を焚いてあたたかく　なつかしく」

四　松山と漱石

飛行機が松山空港に止まった時、タラップに足を下ろした私は小学時代の思い出が甦って来た。その頃『坊ちゃん』を読みながら、中身の半分ほどは分からずにいたが、この本の終わりまで全部読んだのは事実だった。漱石が一年間過ごした尋常中学校がこの松山に在ったと思えば、私の心は何処までも弾んだ。アメリカ人のC・ジョンソンの後釜として漱石はこの学校の英語教師になった。その頃のお金であるから、どのくらいの値打ちがあったか私には分からないが、月給は八十円であった。明治二十八年というこの年の松山がどんな所であったかも、私には想像の域を出ないのである。愛媛県の松山に在るこの尋常中学校は、今の考えで中学校と見るのは間違っている。事実この中学校は現在、「松山東高等学校」として立派な進学校となっている。

漱石は子供のころ疱瘡《ほうそう》に罹ったことがあったので生徒たちには疱瘡の痕を五つ六つと「数え歌」に取り上げられ、「七つ夏目の鬼瓦」とかなり馬鹿にされ歌われていた。もっとも漱石は今の高校生のような身体の大きな当時の中学生たちの間では、相当人気があったらしい。それに彼は未だ若かったし、そんなことも手伝って、学校の中では『坊ちゃん』に出て来るように大暴れもしたようだ。

さて、今の松山空港辺りから、北の方に在る港町、三津に着いた漱石は、汽車で松山に向かい、城戸屋という旅館に一ヶ月ほど滞在した後、同じ松山市内の愛松亭に移った。そこから学校まで日本最初の軽便鉄道、伊予鉄道に乗って通っていたのである。因みに道後温泉までは同じ軽便鉄道で十分程であった。いま観光の町となった松山で「坊ちゃん列車」と言われているのがこれである。私が宣教師たちと戦後の栃木県の北の方を歩いていた時、矢板という駅から出ている、やはり軽便鉄道に乗ったことがある。高校生が間違って、窓から帽子を風に飛ばされて落とすと、デッキからヒョイと飛び下り、帽子を拾って又走って汽車に乗ることが出来たのである。それくらい軽便鉄道なるものはのろいスピードで山野の間を走っていた。三津から松山まで三十分もかけて走っていた漱石の頃の軽便鉄道もこの類いではなかったろうか。三津は今でも賑やかな港町である。防予汽船の発着所であり、山口の柳井や伊保田と連絡するフェリーが出ている。漱石の頃も一つぐらいフェリーが出ていたことは想像がつく。

漱石が下宿先として使っていた愚陀仏庵はいま移転されて旧松山藩主の別邸の万翠荘敷地内に復元されている。

漱石が松山中学に来る一年前に建てられたのが、「道後温泉」である。本陣風な木造三階建のこの建物は、松山の町の中で当時は見事なものであったろう。出来てから一年という間に漱石はこの温泉に何度も入ったと思われる。今では瀬戸内海に瀬戸大橋が架かっているので、一度は観ておきたいとこの温泉を訪ねる観光客は後を断たないそうだ。漱石はたった一年しか松山にはいなかった。その時代の松山中学跡には、今でも彼の俳句の一つが文学碑に刻まれている。

わかるるや　一鳥啼いて　雲に入る

漱石は中学の生徒たちや俳句の友達との別れを相当悲しんだのだろう。その時の生徒たちへの思いが如何にもこの句の中に現われているようだ。

恐らく漱石は三津港から瀬戸内海を渡って東京に戻ったものと思われる。その後彼は二度と松山の地を踏むことはなかったが、一年間の松山での暮しを忘れたこともなかった筈である。それから二十数年経った、日露戦争も終った明治二十九年、俳句誌『ホトトギス』に正岡子規の薦めもあって、一年間の松山での思い出を『坊ちゃん』という作品で発表したのである。俳句の雑誌にこういう小説が載ったという事も当時は話題になったし、問題にもなったようだ。若い彼らは日本の文学の新しい発展のためには、少しぐらい変った事をしてみなければならないと思ったのだろう。或る意味では、漱石の書いたあらゆる小説の若い主人公たちは、日露戦争で大国ロシアを破ったということで日本人が大騒ぎをしている頃、既に昭和二十年の日本の大敗を漠然と感じていたのかもしれない。もしそうだとすれば漱石はもう一人の予言者と見られても良い。事実日本の政治家や陸軍、海軍の軍部の中に日本の敗戦を当時正確に理解した人は僅かな人を除いてはほとんどいなかった。それから間もなく亡くなっていく正岡子規も、この時代の日本を悲しみ、俳句や和歌の道の中であのように新しい道を開こうとしたのではないか。彼に戦後の日本に出現したヒッピーの匂いを感じたのはこの私一人であろうか。明日をみてそこに悲しさや新しさを見詰める人間は全て、或る意味におけるヒッピーの一面を備えている事を私たちは知るのである。

五　三津港と独歩

私は関東の北の方に生まれた。祖父母のもとで育った私は、小さい頃から様々な本を読む事が好きだった。どういう訳だか私がいつも遊んでいる「煙草戸棚」の脇には、祖父か私の父か、その兄弟が読んだと思われる多くの本が、横になって山の様に積み上げられていた。漱石の『坊ちゃん』も、国木田独歩の『武蔵野』や『牛肉と馬鈴薯』を読んだのもその頃である。漱石の本はそれほどでもなかったが、独歩の『運命論者』などは、少年の私の心にもそれなりの深い悲しみを与えた。女遊びを若い頃にして、今は盲目になっている当時の呼び名でいうなら「按摩」が、蚊帳の中で客の女の身体を揉みながら話す懺悔の物語を、幼い私は半分解ったような解らないような心で読んでいた。

漱石が松山に英語教師としてやって来たその一年前、つまり明治二十七年のこと、大分県佐伯市の教師をしていた国木田独歩は、教師を辞めて山口県の柳井市の親の下に帰る途中、船の都合で四国の伊予松山の三津港に立ち寄っている。私は独歩の『武蔵野』を読みながら、幼い心に関東の山ということをいつも考えていた。関東で言う山は、他の地方の山や絵本に出て来る山とは違い、単なる平地に木が生えている、いわば林や森なのである。山のこちら側から小道に沿って山の中に入って行くと、小道はあちこち曲がりながら結局、隣りの部落に抜けてしまうのである。東京の郊外の林を、「武蔵野」と呼んで独歩は書いているが、それはこういう関東の平地に広がる林や森のことであった。この様に書いている独歩の言葉に、私は山や森というものに対する深い関心を持った。

松山の良港の一つ、三津港に立ち寄った独歩は、そこで武蔵野とは違うが、「朝市」で賑わう港の風景に出会った。独歩には『運命論者』でも分かるように、名もない世間の人々の一生を、どの切り口からでも取り出すことができる不思議な才能があった。三津港の朝市の中でも彼は、一人の琵琶法師に出会い、彼や他の人々の人生の中に見るあらゆる問題を取り上げて、じっくりと夫々の悲しい人生論を纏め、数年後に『忘れ得ぬ人々』という作品を「国民之友」に代表的な短編として書いている。独歩は『武蔵野』で、明治の未だ田舎の村であった渋谷辺りの冬の雪深い農家の風景などを実に詳しく書いている。茅葺き屋根の軒から、ぽたぽた解けて落ちる雪の様子は、私の子供時代に、北関東の冬の風景と重なって、不思議な言葉の世界を広げてみせてくれた。同じことは、松山の三津港の朝市で独歩も体験しているのである。昔のままの海産物倉庫が、明治のその頃残っていて、若い独歩の心に不思議な喜びを与えてくれた。独歩にはこの三津港の体験が忘れられない思い出として残っていたのであろう。江戸時代からずっと続いて来た三津港の魚の朝市も、そこで働く忙しい人々の姿も、独歩にとっては人生の様々な喜びや悲しみを背負った人々としてしか映らなかったのであろう。

今でもフェリーボートで本州と結ばれている三津港、即ち松山港であるが、最近三つも橋が架かった本州と四国を考えれば、交通機関の一つとしての三津港の勢いは少しずつ衰えていくのではないか。それとは反対に、漱石とか独歩の様な人々が立ち寄ったこともあるこの港町は、今後それなりに魚の水揚げ港として大きく栄えることであろう。

漱石は、やがて大きな滅びを前にしている日本を日露戦争で勝った頃に意識し、若いヒッピーのような生き方の中に身を置いていた知識人の青年を中心として小説の中で書いている。しかし独歩は彼流の人生の無常を、人間の深い所に見詰めようとする思いの中で、彼が立ち寄る全ての場所の人間たちを、むしろその無常故に、悲しく見詰める目を持って彼自身の文学の中に顕している。四国の松山で体験した人間たちの深い経験も、彼の筆によれば、本当の宗教人が書く様な形に展開した。各地からやって来るお遍路さんの国、四国に相応しい独歩の筆づかいではないか。

漱石も独歩も、よくよく見れば、同じ人生の中で苦しむ人間として書いている。彼らはどちらも間違いなく或る意味において、四国のお遍路さんに似てはいないだろうか。ただ、他の人々と違って彼らには学問があったし、その学問を豊かな言葉の表現によって現わすことが出来た。人生は誰にとっても一つの大きな運命そのものである。それを流す事のない涙でもって書けたこれら二人の文学者に私は常に感動するのである。それだけではなく、私は未だ物心もはっきりつかない少年の頃、『坊ちゃん』や『それから』などを読み、同時に独歩の様々な作品に出会い、人生は『運命論者』の巡礼の旅であることを微かに意識した。

六　非戦論を唱えた軍人

太平洋戦争が起こった頃、海軍のてっぺんである鎮守府将軍の山本五十六元帥は、日露戦争の時、若い士官として東郷平八郎元帥の前を夢中になって走り回っていた。松山に生まれた水野広徳はその頃水雷艇の艇長として出撃し、大きな働きをたて、その事によって東郷元帥から感状を貰った。勇ましい勇士であった水野広徳の人生に、精神的な心の変化が現われたのは、二度に亘ったヨーロッパやアメリカへの視察の後であった。それまでの水野は日本の軍備力又は海軍力を、小さな日露戦争の中でだけ理解していた。事実水野は陸軍の桜井忠温の『肉弾』の海軍版ともいうべき一冊の書物、『此の一戦』を世に出している。明治四十三年の事である。桜井忠温の作品と並んで水野のこの作品は、その頃戦記文学の双璧と言われて日本中の人々の心を掻きたてた。それはずっと大正を経て、昭和二十年まで、この二冊の戦記物は日本人の心に染みついていて忘れられることはなかった。しかし第一次大戦後にヨーロッパ諸国を視察して廻った水野の頭の中には、日本の軍備力がはっきりと見えて来た。ヨーロッパやアメリカのあの勢いの前では、まるで大人の前の赤子のような日本の軍備力を知ってしまったのである。その昔、サウロはダマスコの門の前で、目から鱗の落ちるのを体験した。それまでキリスト教の信者たちを苛め抜いていた哲学者の彼は、自らキリスト教に帰依《きえ》してしまったのである。軍人水野にも、これと同じ体験があったのであろう。彼ははっきりと、日本は世界と戦うべきではないと悟り、このままでは急進派の軍人によって日本は滅んで行くだろうと考えたのである。急速に非戦論に傾いた彼は、軍部からの強い圧力を受け、結局海軍大佐で退役せざるを得なかった。周囲の人たちは、間違いなく提督にもなれたかも知れない彼を、「惜しい事をした」と残念がった。軍から離れた水野は、自分の考えを評論の形にして世間にぶつけた。彼は自信を持って「日米戦うべからず」と力説した。

日米開戦の当時、元帥だった山本五十六もある点において水野と考えは同じだった。若い頃アメリカの日本大使館の武官をしていた山本は、驚くべき軍備力を持っているアメリカを、いやが上にも知らされていた。アメリカと戦いに入った時、日本連合艦隊司令長官となっていた彼は、一言こう言ったという。「一、二年は何とか持ち堪えるが、それから先はわからない」。山本ははっきりと水野と同じように、ある面ではアメリカに対する非戦論を心の中に持っていたように思う。山本は遂に海軍から離れることはなかった。その点水野は潔く海軍から離れてしまったのである。陸軍海軍に関らず、軍の中に身を置きながら、水野の様に非戦論に傾いていた人々は決して少なくはなかった。しかし、そういう彼らも、表だって非戦論を口に出せなかっただけである。水野は六十枚を越える「新国防方針の解剖」という文章を周囲の人々の反対にも拘らず、『中央公論』に堂々と掲載した。残念ながら水野のこういう非戦論的な考えは、当時の軍部から激しく弾圧された。しかし水野ははっきりと心に決めた非戦論から遠のくことはなかった。彼は世間の人々に対する思いを次のような歌に込めて伝えている。

世にこびず　人におもねず　我はわが

正しと思ふ　道を進まむ

彼は、幕末や明治維新の時に自分をはっきりと日本のために現した侍たちの生き残りであったように私は思う。今度、中越地震で長岡などは大変な被害を受けた。山本五十六はこの前の戦争中、南方で戦死した。そして神様の様に祀られて故郷のこの長岡に戻って来たが、小さな私たちは確かにこの山本を「軍神の中の軍神」として崇《あが》め、それを映したニュース映画などを心躍らせて観たものだ。しかしこの年になり、あの戦争の愚かさを知ってみると、むしろこの水野の非戦論を貫き通した姿がとても新鮮なものとして映って来る。正岡子規が眠っている松山市末広町の正宗寺にこの水野の歌碑が残っているという。

人の世は常に時代と共に変わっていく。しかし人間は誰でも自分が生きている間、これが正しいと思い、又この考えが間違っていて本当はあの考えが正しいとなったら、何一つこだわることなくその新しい考えに飛びつくだけの勇気がなくてはいけない。山本にはその勇気が少しばかり足らなかった。その点水野ははっきりと自分を自分らしく主張したところに、人間としての本当の大きさが見られた。

水野は三津浜で生まれた。幼くして両親を失い、親戚の家を回され、そういう事情の中で育った彼の心には、普通の子供にない人生の意味が小さい頃からかなり深く分かっていたようにも思える。独歩のような文学者は若くして人生の様々な問題を見詰めてその運命を見事に文学の言葉の中に投影していったが、水野は軍人としてやがて日本の軍国主義が進んで行ってはならない道を知り、その事を遺言の中ではっきりと次の様に言い残している。

「伝統に捉えられず、因襲に拘わらず、階級に縛られず、情実に絡まれず、良心の命ずるままに進み法力の禁ずるところに止まる悠々として自適し、寛寛として自在す。生死何かあらん。窮達《きゅうたつ》何かあらん。富貴を尊ばず、貧賤を侮らず、清濁を憂えず、独栄を望まず、天空海濶《てんくうかいかつ》、生きて俯仰《ふぎょう》天地に恥じず、公明正大、死して毀誉《きよ》己に疚《やま》しからず逍遥《しょうよう》として生き、従容《しょうよう》として逝《い》く、神仏我にあり、何ぞ他力の引導を要せん、儒《じゅ》は義務をしいて権利を忘る、老は空想を説いて現実を離る、仏は未来に拘われて現世を虚にす、耶は伝説を重んじて科学を軽んず、悉く皆信ずるに足らず、唯己を正しくせば唯己を信ぜよ、己正しければ過つも悔いなし、己を信ずれば失うも恨なし、正と信を害するものは欲に在り、欲の本は有に在り、有つこと愈《いよいよ》多くして欲愈深し、欲は百悪の依て生するものなり……」

この水野の遺言の文章を見て分かることは、彼があの頃の日本の軍国主義、天皇制、又それの拘わって来る神や仏の教えなど一切から大きく離れ、人間は常に自分が信じている自分でならなければならないという事ではなかったか。そういう水野の生き方は、表面上はあの殺伐とした時代の人間のように見えるが、今の私たちから見れば時代時代の集団や組織に簡単に囚われることなく、砂漠や野に出て行く預言者やヒッピーの類の素晴らしい姿に重なって見えるのである。

七　桜井忠温と『肉弾』

昭和十六年の暮、太平洋戦争が始まった。その年の夏、既に日本の戦争事情は相当悪化していたらしい。その時私は小学校の四年生だったが、私たちを教えてくれた二人の男の先生たちは次々と宇都宮の三十六部隊にとられていった。一人の先生が、「お前たちに教えられなくなって残念だ」と言って生徒たちの前で泣いた。私はその時初めて、男もあのように泣くのかと思った。もう一人の先生は元気な男であって、兵隊に行く前「お前たちは桜井忠温（ちゅうおん）先生の書いた『肉弾』を読まなくてはだめだぞ。」と言った。しかし残念ながら当時世界十六ヶ国ぐらいで翻訳されていたこの名著『肉弾』を私は読んではいない。当時の私は少し変わった子供であり、漱石や独歩の作品を読み、『乳房』や『運命論者』と言った大人が読む本ばかり読んでいた。この先生が「ちゅうおんさん」という言葉を何度も口にしていた事を私は忘れない。当時は、ラジオはあってもテレビなどは無かったので、随分と人の名や地名を先生でも間違って教えてくれたものだ。例えば、新潟の町、「新発田」などは「にいはった」と教え、早くして死んでしまった勤王の志士で医学の知識も豊かにあった「久坂玄瑞」のことを「くさかげんば」と教えた。この二人の先生は外地には行かず、戦後間もなく復員して来て、やがてはどちらも校長にまでなった。

話を元に戻すが、晩年は松山市の郊外に在る山越町に住んでいた、軍国主義時代、日本人の心の英雄であった「桜井忠温（ただよし）」は、特に郷土松山の誇りであった。松山歩兵二十二連隊の旗手として、乃木将軍の指揮する旅順の戦いに向かい、右手に重傷を負った。しかし忠温は左手でその不自由さにもめげず、その時の戦いを『肉弾』という小説に著した。日本初め世界の多くの人々は忠温のこの働きを『肉弾』を読んで知り、一つの戦争文学の流行を作ったほどである。昭和三年、その勇気を持って陸軍少将まで昇りつめ、山越町に居を構え、そこを「落葉村舎」と名付けていた。残念な事に彼は妻に先立たれ、その晩年は必ずしも幸福なものではなかったようだ。まるで鬼の様に強く逞しいこの将軍も、実を言えば、一滴の酒も、一本の煙草も口にしない静かな男であった。ただ一つ彼にあった趣味は、子供時代に身につけていた日本画であったという。彼は自分の晩年に若い時代の旅順攻撃などを考えながら、こんな風にも詠っていたという。

「画業を志して筆を捨て、文を愛してその域に達せず、（如何にも彼は昔風の謙遜の美風を身につけていた老人らしく）戦場に望んで寸効なく、死中再生恥多し」

ローマ時代の昔、カイザルはケルト人が住んでいた北イタリヤやフランス、ベルギーなどに軍勢を進め、それを『ガリヤ戦記』として記録している。長い二千年の歴史の中で、単に軍人だけではなく世界中の人々にこの本が読まれていたことは、私たちもよく知っていることである。『肉弾』が桜井忠温によって世に出た時、松山の人々は熱狂したことであろう。いつの時代でも、その時代の流行の中で世に出る人は多い。忠温も又その一人であったろう。だがそういう人の晩年は、ほとんどの場合とても不幸に見える。しかし晩年の落葉村舎での彼の生活の中で生まれた述懐詩には、何一つ軍人臭のない、心穏やかな老人の姿が感じられる。不思議な事に私の先生などが、「ちゅうおんさん」と名前を間違って彼の名を音読していたが、ここ松山の人々も、彼の人間性を慕ってか、「ちゅうおんさん」と呼んでいたそうだ。

戦争は決して良いことでない事を、昭和二十年敗戦の日に私たちははっきりと知った。しかし人間は何事を成すにも『ガリヤ戦記』を書いたカイザルと同様、『肉弾』を書いた桜井忠温なども理解していかなければならないだろう。私たちの先生が兵隊にとられる時、親愛の情を込めて、全く会ったこともない松山の英雄に対して、「ちゅうおんさん」と桜井忠温を呼んでいたのは、私が四年生の時である。この年になってもあの先生の言った「ちゅうおんさん」が私の中では活き活きと残っている。

八　山本学園

雨の松山を色々見ながら私たちは松山デザイン専門学校に向かった。私は昼までの一時間ちょっとの時間を「特別ミニ講演会」として若者たちを前にして、久し振りに最近の自分の意見を述べさせて貰った。若い頃や大病をする前と違って、どんなに声を大きくしてみても、何処か弱々しさがあり、昔の様にマイクを使わず立って話すには力が弱く、ずっと椅子に座ったままで話をした。

この松山デザイン専門学校は、他の松山歯科衛生士専門学校や、松山コンピュータ専門学校、松山医療福祉専門学校、松山女学院専門学校、松山情報ビジネス専門学校など六つの同じ系列の学校の一つなのである。これらを纏めて学校法人「山本学園」と呼んでいる。既に亡くなっている山本義雄先生というのがこれらの専門学校を立ち上げたそうだが、今ではこの先生の奥さんが会長としてこれらの学校を仕切っておられる。彼女は八十を過ぎた身体でありながら、力一杯四国のあちこちから集まって来る生徒たちを教育している。彼女のこういう教育振りを見て、私はただただ感動するばかりであった。

松山デザイン専門学校の「入学案内」パンフレットの最初の頁に書いてある三行ばかりの言葉を私は生徒たちや先生たち、副校長の友人たちの前で読んだ。

「ココロのなかに湧いている、熱いものに正直になること。
　横並びの考え方を捨てて、一歩前に横にずれてみること。
　自分らしい生き方は、その勇気から始まります。」

読んだ後、私はこの学校のどういう先生がこれを書いたか知らないが、こういう先生たちがいる限り四国各地からやって来る生徒たちは、人生の中にとても大きなものを受止めるに違いないと思った。松山は、こういう学校があるという事においても、やはり四国の中の途轍《とてつ》もなく大きな教育の町だと感じた。

西村伊作という人物が自分の娘を教育するために一つの学校を東京の御茶ノ水に大正の初めに造った。文化学院がそれであるが、創立者西村伊作は学校案内の中でこのように言っている。

「自分の娘、息子のよう、みんなのために祈る。どうかこの人の一生がよい物となるように、偉くならなくても、生れた甲斐のあるよい人に、静かな心、自分を正しく、ゆがめられずに、真っ直ぐにいくようにと。」

西村伊作はこの学校の学監として与謝野晶子夫妻を招いた。晶子は次のような学監として相応しい言葉を残している。

「私たちの学校の教育目的は、画一的に他から強要されることなしに、個人個人の能力を、本人の長所と希望に従って、個別的に自ら自由に発揮せしめるところにあります。これまでの教育は功利主義に偏していましたが、私たちは功利生活以上の標準に由って教育したいと思います。即ち貨幣や職業の奴隷とならずに、自己が自己の主人となり、自己に適した活動に由って、少しでも新しい文化生活を人類の間に創造し寄与することの忍苦と享楽とに生きる人間を作りたいと思います。言い換えれば、完全な個人を作ることが唯一の目的です。」

松山デザイン専門学校の学校案内の中の言葉や、西村伊作や与謝野晶子の言葉を生徒たちの前で読みあげながら、私自身心の中に熱く燃えるものを感じた。私の話の後、今回の四国旅行を計画してくれた東北の高校の先生である友人が私の作品である『門出に寄せる九節のカンタータ』を講堂が割れるような声で読んでくれた。その中の最後の部分をここに引用しよう。

「・・・・・・
インカ・マチュピチュの町は
外部の誰にも発見されることなく
榮えたではないか
それを
人物の魅力　個性というのだ
若者よ！
勇気を持って
勝利の歌を口ずさみながら
堂々と行け！」

話をする時、聴衆よりも自分の言葉に酔い痴れるのは、いつの場合でもこの私の方である。午前中一杯のこのミニ講演会は楽しく終った。学校で出された昼食を私たちは楽しく味わった。元気な会長はじめ、このミニ講演会を用意してくれた副校長である友人夫妻や他の先生や副校長の友人たちと、色々な話をしながら戴いた。その話の中で、四国には既に熊はいないと言う人もいるが「まだ一、二匹は四国の山の中にはいるそうだ」と副校長の友人の一人は言っていた。（その時私の頭には明治の初め頃絶滅した内地の狼のことがふと思い出された。）

私たちが岩手県の一関に引っ越して三、四年経った頃奥羽山脈からノコノコやって来た大きな熊が、町の病院の裏口から入り、表に飛びだし、そこにあったカトリック教会の前で猟友会の人々に撃ち殺された。それを撃ったのは、うちの息子たちが通っていた幼稚園の園長であった。私たちが四十数年間生活をしたこの町を去って数年になるが、昨年久振りに一頭の熊が町の中を歩き回った上、町外れの県立病院の玄関から入り、調理場や病室前などを通り抜けて、裏口から山の方に立ち去ったという手紙を教え子から貰った。東北や関東には今なお熊がいるとは聞いているが、この四国でもこんな話が出るとは驚きだった。

ほんの僅かな時間であったが、前途ある若者たちに話が出来、美味しい昼食を戴き、心ある色々な先生とお会い出来、又副校長の友人の方々の話も聞くことが出来、これからの四国旅行が益々楽しく、意味あるものになるだろうという事を私は実感した。

九　副校長の家を訪ねて

四国に足を入れて二日目、私たちはけっこう長い道程を海岸線に沿ってドライブしたが、伊予地方の豊かな風景の中で過ごした時間は夫々の文章の中に書いている。伊予のこういう道筋に出る前、私たちは松山の色々な処を案内してくれた、山本学園の一つ、松山デザイン専門学校の副校長夫妻の家に招かれた。

家に一歩入ると、どの部屋にも美術作品が飾られてあった。最も奥の、この先生のアトリエ兼書斎でもあるような一室に案内されると、そこには彼の手になる美術作品が至る所に飾られていた。古い時代の絵画作品である風景画や人物画とか、それに似たような、一時代も二時代も前の作品はそこには無かった。勿論どんな人間の心にも原風景としての様々なものが作品の中に現われているものだが、そういう点では彼の美術感覚の中にはシミュレーショニズムがはっきりと働いている。フランスのポスト構造主義の社会学者であるジェイ・ボードリヤールは現代の人類の消費社会を一言で言って、記号化されたシミュラークル（擬態）だけが外に浮遊しているハイパー　リアルな世界の情勢であると見て取り、そこにはもはや現実としての世界は、シミユレーションとしての現実に凌駕《りょうが》されてしまっているとはっきり説いている。このボードリヤールの学説には、大きく触発されている人々が世界に確かに存在する。ネオ　ジオとして認められている千九百八十年代のアーチストたちは確かにこのシミュレーショニズム又は構造主義から自分たちの美学の基礎を発見したようだった。彼らは他人の理論まで全てを自分の作品の中に応用し、更には盗用するという意味において、アプロプリエーションは彼らと共通した美学の手法としてその時代の作品となり、人々にはそれなりに認められた。副校長の作品にも、或る種のこのシミュレーショニズムが働いており、彼は原風景としての彼が認める絵を描いているのだが、それは全く新しい時代のフォーヴィズムの変形のような一面も考えられる。確かにピカソたちがフランスにいながらそこに求めることを諦め、アフリカの原住民の作品というか、非西洋社会の生活環境の中に見つけようとしたマルチカルチュラリズム（一切の諸文化の芸術性を全て含んだもの）が彼らの作品を全く新しい物にしたように、この副校長は今、自分の中にいきいきと働いている自分なりの原風景を基本にして、そこにマルチカルチュラリズムの形や、色彩の感覚を取り入れようとしている。しかし彼は未だそれを一つの自分らしい作品にしてはいない。ここ数十年の間、私たちが美術だけではなく、あらゆる文化の社会を口にする時、そこには「下位文化」ということを考えるようになった。即ちそれは、世界の人々が口にする所のサブ　カルチャーであり、又カウンター　カルチャーと考えれば良いのである。あらゆる文化活動が、今日対抗文化の様式を持ち始めて来ており、それはいわゆるこれまでの主流ではなく、又正統性のあるものではなく、確かに人々には完全に今のところ理解されはしないが、伏流として当分は頑張らなければならない。本当の聖人のような立場に立って生きなければならない。

今日の視覚芸術と認められるのはやはり、商業デザインや、インターティーメント絵画であり、アニメなのである。それらは纏めてパブリック　アートつまり公共芸術と言われているが、本当の美術家たちは、下位文化、即ちそれはアンダー　グラウンド文化の一部に接触する自分なりの芸術であることを心の何処かで意識している。副校長は半ば笑いながら、「このようにして貼りつけたり、そこに色を塗った作品がこれから私の手によって剥がされて、他の所に再び糊づけされていくのですが、そこに自分でも驚く様な新しい作品として展開するものを考え、私自身はその時新しく生まれたものに対して驚きの体験をすることになるでしょう」と言っていた。

私は彼のこの言葉を聞きながら、彼の手元の、紙を幾重にも貼られた作品を観て、一つの言葉が浮かんで来た。「最小限主義」がそれであった。何ものであっても、作られた作品が本人の心のまま、より小さく一つの物に纏め上げられると、グリンバーグが主張したように、本質的要素への還元を一層押し進める時、そこにはミニマリズムとして世界の美術家たちに理解されたのである。副校長は絵を描いているのではない。彼自身の原風景をそのままミニマリズムの世界に押し止めようとしている面が窺える。平面であろうと立体であろうと、即ち絵画であろうと彫刻であろうと、それには関係なく、彼の心の中の動きがそのまま果たして最少であるか否かは別として、最小限主義の彼の心から生まれ出ようとしている。芸術作品が生まれるのは、赤子を生む女の苦しみをも持っている。しかもそこにミニマリズムのような、そしてポストコロニアリズム、即ちマルチカルチュアリズムのような力が働き出すと、確かにそういう所には「下位文化」が生まれることになる。

私がこの四国旅行の後、書き始めた「四国紀行」もはっきりと私には分かるのだが、もう一つの「アンダー　グラウンド」の作品、即ち「下位文化」

の作品だと思っている。副校長は、教師である前に、間違いなく画家である。しかも下位文化の自分の立場をよく認めている本当の画家である。これから彼は、いつも自分の原風景としての美学を基本に置いて、彼なりの表現としての絵が描かれていくだろう。それは一日とか一週間の間に出来上がる種類の作品では決してあるまい。一度描かれたものが消されたり、その上に書き足されたりして、時には長い歳月の後に生まれ出るポストコロニアリズム調の作品であろう。欧米中心の作品も東洋中心の作品も超えたところに存在するこういった自分を中心に置いた原風景から生まれるものに、私は大いに拍手を送ろう。

私たちは奥さん手作りの可愛いお団子を戴きながら一服し、松山の郊外の奇麗な空気を吸うことが出来た。この夫妻が、同じ四国でも、実に穏やかな一角に住んでいる事の幸せを私は見てとった。三津港辺りの賑わう港町から見れば、その南の方の静かなこの夫妻の住む一角は、これから南伊予の方に案内されていく私たちにしばらくの休息を与えてくれた。

十　道後温泉

松山の大通りは他の町の大通りと違って、幾つものデパートや、レストラン等のある賑わいの中に、今なお明治の匂いのする路面電車が行き交っている。そんな町の中に今日の様に小雨が降っていると、辺りは梅雨の様に煙っていて、一見、大正や明治の雰囲気が醸し出されるのも当然だ。

漱石の昔、彼は僅かに滞在したこの町の中学校の事を実に細かく『坊ちゃん』の中で書いている。広島の方から渡し舟で松山にやって来た彼は生徒ちなどと、色々な大喧嘩の時を過ごした後、一年足らずの学校生活を止めて再び東京に戻った。松山から乗る渡し舟の中から振返るこの町の姿はどの様に映ったであろうか。

漱石がこの町にいる間に道後温泉は造られたようだ。造られてからほんの一年ぐらい経って、彼もこの温泉に入っている。私は友人たちに誘われて、平成の今、この温泉に立ち寄った。身体の具合が少し良くないこともあって、二階の大きな畳敷きの休憩室で私は友人たちが風呂を楽しんでいる間、ずっと休んでいた。娘が一人一人の客の顔を見ながらお茶を出してくれた。お茶と一緒に御菓子も出た。窓の外には雑踏のざわめきが聞こえ、時折通る自動車のクラクションが聞こえていた。部屋の中を見ると、三々五々、客たちが湯に浸かりに行ったり、のぼせたような顔で自分たちの席に戻って来たりしていた。彼らは全て男性であることは分かっていたが、何人かの娘や中年女性が入って来た時にはびっくりした。彼女らがまさかここで温泉の浴衣に着替えて行く訳にはいくまい。勿論その通りだった。彼女たちは洋服のままお茶を飲んだり菓子を食べると、浴衣を手にして男性とは別の階段を降りて行った。女性のための脱衣所は一階の方に有り、そこでちゃんと浴衣に着替えることができるそうだ。私の近くに、湯上がりの男たちに混じって一人の若い白人の青年がいた。彼の青い目は私の茶色の目と同じように部屋に入って来た女性たちの方に向けられた。お茶を出してくれた娘が彼女たちに「女の方はそのまま下の脱衣所で着替えて下さい」と説明しているのを聞いて彼女たちも私も、又その若い青い目の青年もホッと納得した。浴衣のままの青い目の青年はしばらくお茶を飲みお菓子を口にしていたが、やがて大きなパンツを浴衣の下に持っていき、下着を身に着けていた。上の方は上手に浴衣を脱いで着終えたようだ。

友人たちが風呂から戻って来る間、表の風景に見飽きた私は、座布団を何枚か並べてそこに横になっていた。天井や柱の黒さが如何にも最近の建物と違っていて、明治の面影がよく偲《しの》ばれた。五年前に大病を患った私なのだが、何処からか流れて来る温泉の熱い匂いが私の身体にもそれなりの英気を与えてか、こうしてゆったりと、明治の匂いのする、又『坊ちゃん』の匂いのする部屋の中で湯にでも入ったように体中がボーッと熱くなって来た。今までも道後温泉の話はよく耳にしていたが、又その明治造りの建築物の写真などは絵葉書などでよく見ていたのだが、こうして様々なビルの前で、頑として明治の自分を動かそうとしない姿を実際に見て、城が持つどっしりとした誇りのようなものを感じるのは私だけではないかもしれない。

他の町とこの松山が大きく違うのは、ここにはどんなにビルが聳えていても、何となく町全体が松山城の城下町そのものに見え、江戸時代や明治の匂いがしているからである。近隣の娘たちはごく最近まで自分を着飾ると、松山城の下辺りを自信を持って歩いていたとも言われている。最近は西洋人並みに日本の若い男も女も「晴れ着」を着る機会は滅多に無くなっている。どんな時でも何処に行くにしても、膝の抜けた様なパンツと、袖先が何処までも長いセーターなどを平気で着て歩いている。ごく最近だが、フランスの雑誌にはこういうボロルックの服や、穴だらけのスカートやパンツを穿くフランスのスタイルは、実は日本から輸入されたもう一つの服飾文化であると書いてあった。こういう所から私は道後温泉や、他の色々な明治文化の匂いのするこの町が、もう一つの、フランス人の言う所のボロ文化の様に思えて、そこには昔の人の味わっていた服飾文化や食文化の美しさが何の衒《てら》いもなく残っているように見えた。一遍上人の立像の有る寺も、町の下の方から眺めた松山城も、山頭火が襤褸《ぼろ》ルックの姿で徘徊していた街角など、今なお他の町にある新しい感じのする寺や城と違って、古い時代の面影をはっきりと留めている。

私は初めてのプロペラ機に乗り、穏やかな島と瀬戸内海の間を低く飛び、いつの間にか松山空港に降りたが、そのあいだ中、左のプロペラや窓の外に松山の町の風景が映って見えた。大きな山々を前に海岸縁には工場などが多く並び、その脇には個人の家が並んで広がっていた。数日後、私が土佐湾の前に広がる桂浜の近くの、如何にもヨーロッパの海岸沿いにあるような小さな風景をみた時、人口から言えば遥かに松山の方が多いのだが、松山は何処かしら、未だ江戸時代や明治の面影がはっきり残っていると私には感じられた。その基本に、町の中央にあるこの道後温泉が一つの象徴として、松山の話をする時には必ず心に浮かんで来るのである。道後温泉に行く時は、必ずこの町の江戸時代的な、又は明治の面影の有る通りや、そこを走っている路面電車が、道後温泉の佇まいと共に忘れられないのである。

少し前までは、松山の友から送られた松山の写真の中にのみ、路面電車やレールの有る通りを見ていたが、そこには明治二十一年に日本最初の軽便鉄道の蒸気機関車として走っていた列車が、今では観光客のためなのか、平成十三年に複製されて「坊ちゃん列車」として路面を走っていた。

十一　「ふなや」での晩餐会

私たちが松山で泊った宿はけっこう大きなところで、「にぎたづ会館」といった。子規記念博物館の近くにあり、道後温泉までは五分ばかりの所にあった。次の朝になって窓の外を見たら、昨日、車の窓から見上げるように見ていた雨の中の「ふなや」という旅館を、下の方に眺めることが出来た。昨日の雨もすっかり止み、様々なビルの彼方に瀬戸内海が見えたが、その中には道後温泉もビルの間に挟まれながら存在していたのだろう。何処か朝の霞んでいる姿は私の心を慰めてくれた。

昨日は、松山デザイン専門学校で講演をし、山本会長はじめ、副校長夫妻やその友人、先生たちと昼食を共にしたあと別れたのであるが、夜になって私たちは「にぎたづ会館」を出て、昼間雨の中に見ていた「ふなや」に向かったのである。何という松山の人たちの優しい心遣いであろう。その晩の集まりは、この「ふなや」での豪勢な晩餐であった。そこで再び山本会長や副校長夫妻、先生方、昼間も出てくれた友人の方々とお会いしたのである。

キリストの晩餐もそうであるが、人間の歴史の中には、大小様々な晩餐の姿が残されている。確かに晩餐とは、人間の心を深く打つものである。何を食べ、どんな酒を飲もうともそれが問題ではない。そういうものを口にしながら、然程長々と喋ることも必要ないが、訥々《とつとつ》と、心の中から真心として飛び出す言葉が、晩餐の席に座った者に、その後の生涯において忘れることのない深い思い出を作っていくものだ。単に商売や事業のために人を招《よ》び、そこで食べるものや飲む酒には、何を話、何を語ろうと、次の朝まで残っているような内容はほとんど無いものである。その点キリストの晩餐は、キリストにとっても、十二弟子にとっても生涯忘れることの出来ない一人一人の素朴で短いが、話の中身が何処までも濃く、いつまでも残るものになったはずである。私たち現代人は、現代というこの世界で通用している言葉で様々に語り合う。現代社会が抱いている何処までも深い影の中で、現代人は常に何かを恐れている。だからこそ現代人が使う言葉の端々にそういった深い翳《かげ》りが見えているのである。しかしその翳りを払拭しながら私たちはこの「ふなや」での晩餐の席で、明るい太陽の下に出ているような言葉で様々な方向から四国という風土を語ることが出来た。幸いに私たち日本人には、漢字の他に紀貫之が生活の言葉として「ひらがな」を用い、又漢字を簡略化した「カタカナ」が世に現われた。中国の漢字やヨーロッパの各種の言語の様に、言葉の内容が一つでない処に日本語の良さが有るようだ。四国という風土の重さの中で、私たちは常に重たい漢字や仮名で出来ている言葉でこれらのことを語っていかねばならないようだ。

　私たちの晩餐の席には先ず、食前酒として「りんご酒」が出された。私は酒を飲んだり、酒の席で騒ぐようなことは滅多にしない。しかし目の前に出されたこのりんご酒を見た時、そこには山本会長初め、副校長夫妻の真心が見えており、そんな時には酒を楽しむのではなく、人々の用意してくれた真心を味わうためにも、有難くりんご酒を戴いた。先付としては「ほうれん草のお浸し、焼舞茸、柿」が出された。何度も言うようだが、出された食事もさることながら、わざわざこういう場を設けて下さった人々の心が嬉しい。特に初めての四国旅行で松山の人々の心遣いがとても嬉しいのである。

その次に前菜として出されたものは次のようなものだ。「帆立貝の菊花おろし和え、さんま小袖寿し、穴子南瓜寄せ、海老芝煮、甘唐辛子、むかご、銀杏」こういうものを口にしながら、会長初め、副校長夫妻や友人の方々の口からは、私たち東北や東海地方、高知の人間にとっては初めて聞くような伊予の色々な話が飛び交った。お造りや、炊き合せ、台の物などが次から次へと出されてくるうち、私たちがこれまで耳にしたことがないようなこの地方の話が絶えることなく聞いている私たちの胸の中に染み込んで行った。こういう晩餐、又はキリスト教などで言う「愛餐会」などでは、普通はごく自然に話されている言葉が独特の意味を持ち、深い中身と共にいつまでもそこに出た人々の忘れられない記憶として残っていくようである。

次の変り鉢には「鯛かま酒蒸し」が出て来た。確かに瀬戸内海は、他の魚も有名であるが、鯛で知られていることも私たちには分かっていた。又、瀬戸内海の穏やかな海に泳ぐ魚なのであろうか、青みの魚が次に出て来た。大海から閉ざされて一つの湖の様に周囲を囲まれ守られている瀬戸内海の魚は、私たちにとって別の味がするような気がした。話が何処までも進み、揚げ物や椀物がその後に続き、話の内容も私たちの耳をくすぐる様に進んで行くうちに、この豪勢な料理の最後の場面がやって来た。炊き込みご飯が出されて私たちの心は腹一杯になった。そして最後のデザートでこの晩餐は締めくくられた。

とにかく私たちは腹も充分満たされたが、それ以上に心はこの四国の最初の晩にこの様に満たされたのである。

献立を考えたこのふなやの料理長が書いた品書きには「平成十六年神無月」と記されていた。私はその品書きを、今も記念として持っている。

晩餐会又は愛餐会とは、そこに集まる人たちの真心が出ており、後々まで残るような集まりとして考えられる。その昔月夜の晩などに開かれたお茶会なども、はっきり言うなら、出席者に茶粥などを出してもてなした真心の篭った晩餐会であったのでは無かろうか。その最後にお茶が出され、何時間にも亘って続いた晩餐会は、白々と夜の明ける頃終ったもののようである。いつの場合でも、晩餐会に出る私たちは、よほど心をはっきりと定めておかなければならない。いわゆる宴会などと言って集まるような、酒を中心とし、演歌などを歌ってべろべろに酔いながらお開きとする集まりを、こういう晩餐会の一部として入れる事は何とも恥ずかしい限りである。後々までも、時代が何処まで下っていっても、心の何処かに残っているような深い思い出の会合でなければならない様に私は思う。

十二　漱石の弟子の一人

私が東京から家族を連れて初めて一関に移った頃である。長男はまだ生まれて五ヶ月であった。次男、三男は生まれておらず、彼らは生粋の一関っ子である。私は一関の市長はじめ、色々な方に会い、この町の様子やその他様々な事を教えて貰った。うちの三人の息子が東京の学校に行くまで世話になった「一関高等学校」は、今なお、この地方では、蛮カラないでたちの応援団で知られている学校である。

当時そこの校長であった高橋先生と出会って色々と話しをしたのであるが、校長室で出されたお茶を飲みながら、ふと高橋校長の頭の上を見ると、そこに「安倍能成」自筆の名文が額に入って飾られているのが目に入った。能成は日本的な教育者として名が知られており、第一高等学校長初め、幣原《しではら》内閣の文部大臣をしたり、学習院の院長を務めたりした人物である。そういう、教育界に関する歴史の中で名を挙げた安倍能成よりも、私にとっては『西洋古代中世哲学史』や『西洋近世哲学史』『思想と文化』などの作品で、大正時代の教養主義の一端を担っており、カント哲学者として多くの読者を持っていた彼の方に身近なものを感じていた。彼は純粋な国粋主義者から見れば、多分に外国通の怪しい人間と見られていたかも知れない。しかし心豊かで、本当の意味で日本の明日を考える人々には、その言葉の一つ一つが大いに受けていたのである。彼ははっきりと「軍艦を造るよりは学校を多く造った方がよい」と唱えていた。

松山の心ある人々は、能成の生家が開業医であることを知っている筈である。子供の頃の正岡子規がコレラに罹って苦しんでいた時、能成の父はこれを癒したのである。能成の父は単なる町医者ではなかったようだ。人々には然程知られていなくとも、隠れた名医だったのかも知れない。能成は何処までも純粋な人物であり、漱石門下の一人として大いに才能を発揮したようだ。明治三十六年に「巌頭之感」の一文を書き残し、日光に在る華厳の滝で投身自殺をしたのは藤村操であった。能成と操は第一高等学校時代の同級生であり、能成の妻はこの藤村操の妹であったことも忘れてはならない。

私たちが松山時代の夏目漱石を思う時、『坊ちゃん』などの話をどうしても考えるようになるが、彼は、単なるこの世の「日露戦争万歳」と浮かれていた日本人の間で彼なりに、つまり人生の重々しい生き方を持っていたのである。『坊ちゃん』も『それから』も同じように、一人の深い哲学の生き方を持っていた人間の一面をよく現わしている哲学的文章である。こういう漱石の門下に、安倍能成の様なカント哲学者が生まれてもこれは当然のことであったろう。愚かな人間の下にはやはり愚かな弟子しか出現しないが、表向きは単なる暴れん坊であり、何処にでもいる様な平凡な教師だったとしても、その人の下に大哲学者が生まれれば、やはりその教師は偉大であった事を私たちは認めなければならない。松山という町が、多くの心豊かな人物を世に送り出している現実を考えるなら、この町の深さや大きさも又私は信じない訳にはいかないのである。能成をあのように大きな人間に育てた漱石が、その後ろにいたことは間違いない事であった。

ある時私は松山の友人の一人から、松山駅から余り遠くない静かな処に、若い頃安倍能成の文字の書かれた碑があったという事を聞いた。この友人は最近わざわざ若いころ行って見たことのあるその場所を訪ねたが、残念ながら何処にも能成の碑を見ることはできなかった。昔と違ってその辺りにはマンションが建ち並び、昔の面影は何処にも無かったという話である。友人が言うには、恐らく能成の碑は同じ松山の何処か離れた場所に移されているのであろうということであった。

あの頃私が一関で、高橋先生の後ろに飾ってあった安倍能成の揮毫《きごう》を見た時すでに、この年になって松山辺りを訪れる事の出来た私の運命を予告されていたのかもしれない。

一関の高等学校で高橋校長と、この町について、又この町が世に送った何人かの学者の事について話している間にも、私の目は何度となく彼の後ろに飾ってあった安倍能成の揮毫に向けられた。今になっては半世紀も昔の頃に見たあの文章の内容は定かでない。当時二十代の終りだった私だが、高橋先生は真剣に色々と私に話しをして下さった。

一関に初めて行ったその年の初夏のことである。

十三　松山で子規を考える

日本という国には長い間、短い形の詩としての短歌や俳句が伝えられて来た。西洋に長い詩が伝えられて来たのと何処かよく似ている。その中の一つにソネットなどがある。万葉時代から短歌は人々の作る詩の形の一面を見せていた。西洋の長い詩と同様に、長歌なども勿論日本人の歌の中にも歌われていたことは万葉集などを見ればよくわかることだ。

日本文化の中に現われた俳句は、その原義において俳諧の句の意味をもっていた。勿論俳諧は、連歌の第一句から独立したものであって、別名「発句《ほっく》」という言い方もあった。この事を考えると、短歌と並んで庶民たちの間に伝わった日本的な伝統詩ということもできるだろう。現代では一般に近代俳句を指して「俳句」と呼び、むしろ近世以前のこういう発句を「俳諧」と呼ぶのがだいたい一般的だ。

俳句という詩語は服部定清撰の『尾蝿集』や一六八三年に出された其角撰の『虚栗』などに見えているが、一八九〇年頃の正岡子規たちの俳句革新運動以後はずっと俳諧の中の言葉、発句だけを指すようになった。俳句の形式的な五七五の三句は日本人の心に好く響く十七音の律格を持っていて、その事が日本人の短い詩の形式に上手く当てはまったようだ。日本人はこの五七五形式の律格の中に、夫々の季節の約束ごとを加えて見事な美しい日本的な短詩にしたのである。

日本人の心に宿る季節感と歴史観を、更にもう一つの写生文の理論の中に取り入れたのが、この松山の正岡子規であった。彼には色々な俳人としての名前があった。中でも「竹の里人」という名などは、実に彼の水彩画の特徴を備えた作品にはぴったりしているようだ。子規はこの「子規」という名をホトトギスの別名からつけているが、彼自身も若くして、ホトトギスの様に血を吐くという結核の身になってしまった。短い命を亡くすまで、彼は若者たちに俳句の指導を続け、彼が出していた俳誌には『ほととぎす』と名がつけられていた。彼の革新的な俳句は別名「日本派」と呼ばれていた。彼は主に自分の「日本派」の俳句を広めるために「万葉集」や「蕪村」を規範にしていた。そして彼は単に革新的な俳句のみならず、短歌の革新運動にも手を貸していた。彼の句集『寒山落木』や、又彼の歌集には自分の雅号の一つをとったものだろうか、『竹の里歌』などがあり、更には俳句や短歌に相当深い教養をもっていた彼らしく、立派な俳論書、『獺祭書屋俳話』や、随筆集である『墨汁一滴』なども世に出されていた。彼の病の中で俳句や短歌に接した生活は、相当苦しいものであったのだが、その病さえも、一つの歌として書き上げるだけの力は残っていたようだ。『病床六尺』と言った日記風な彼の文章を見るだけで、短い人生を終らせた東京での生活が目に見えるようだ。

松山の、子規を記念した会館では、子規の東京の家が昔通りに復元されていた。庭先には何本かの樹木が生え、家の中からは今にも子規が手招きしてくれるような気持ちにもなれた。日本人には誰にも季節感や自然観が深い意味をもって迫って来る。それを俳句の形でもって言い表せた子規などは、やはり詩人としての一流の存在ではなかったか。日本中の人々が愛して止まない俳句が、この四国の松山の男、子規の影響を受けたということは、そこにも歴史の深い一面があるようだ。

十四　霊峰石鎚山

私は初めて松山の町に立った。雨が降り、何となく私の考えていた瀬戸内海の春の様なしめっぽい空気を辺りに感じたが、実際は秋であった。

松山からずっと東の方に向かうとそこには石鎚山が聳えているという。この山は西日本で最も高い山であるとも言われている。その昔、役小角《エンノオツメ》という行者が初めて登った霊峰である。西日本でも珍しい山岳信仰はあたかも富士講と同じく四国の人々だけではなく、日本全国の心ある人々に伝えられていった。夏の七月初旬から例祭があって、石鎚神社成就社から頂上までの山間の道には、白装束の列が何処までも続くと言われている。車でこの山の麓から松山の方に向かって西に三時間ばかり走ると、そこには有名な道後温泉が在る。石鎚山に登る善男善女は四国各地から訪れている。松山までの道路を私はここで口にしたが、同じことは高知から仁淀川の流れを遡って国道33号線を進み、石鎚山に登る道もある。高知県を離れ愛媛県に入ると、仁淀川は面河川とその名を変える。そこをどんどん面河川にそって進めば、四国山脈のかなり奥に分け入って行くことになる。やがて面河川村に入り、標識に従って右に折れると「石鎚スカイライン」と書いた文字にぶつかる。ここを進めば四国一の霊山、石鎚山に行かれるのである。この山に登るとその人間の魂が浄化されると言われている。しかし冬には雪の峯となるこの石鎚山に登る、信仰というよりはむしろ登山を体験する人々もたくさんいるという。

徳島県の霊山寺という最初の札所から、順次、極楽寺や金泉寺と進んで行くが、松山辺りでは四十何番目かの札所から五十何番目かの札所を通っていくことになる。そして石鎚山の麓には横峰寺という六十番目の札所が在る。この霊場を廻ったり、そこから石鎚山を見上げる時、弘法大師と「同行二人」の体験をする八十八ヶ所の霊山巡りの人々は、傍らの地面に腰を下ろし一休みするようだ。次の香園寺という六十一番目の札所から六十四番目の札所、前神寺までは愛媛県だが、その先は一番最後の札所、大窪寺まで香川県なのである。恐らくこの長い八十八ヶ所の寺巡りは、その遍路の厳しさから考えても、遍路さんたちが人生のある意味での悟りを開いたり、心の奥に持っている多くの邪心などの幾つかを解消される気持ちになれるのも当然であろう。数多くの遍路さんたちは、間違いなくある例外を除いては、右回りの旅に出る。自分の生きている世界の中に、「生の結界」を作って貰おうとしているのかもしれない。

六十番目の横峰寺辺りで見る石鎚山の霊峰は、別の意味において彼ら遍路さんの心に大きな力を与えてくれる事だろう。ヨーロッパにはアルプスという山岳地帯があり、ヨーロッパ人たちは、単なる登山としてその厳しい頂上に立つのだが、それでも私たちから見れば、アルプスのあらゆる頂には十字架が飾られていて、それが、日本人の山岳宗教と同じように宗教の心を示しているようだ。アルプスの一つ一つには北壁というのがあって、そこは、時に登山者の命を奪ったりしているが、石鎚山の北壁も又険しい厳しさを持って迫って来る。石鎚山には、一の鎖、二の鎖、更には三の鎖といった難所が在る。勿論ここを登らなくともちゃんと迂回路があるので心配はないのだが、本当の意味で修行に耐えたいと思う人には、この難所を登っていくのも己の魂の浄化に繋がるのだろう。このような最後の厳しい岩場で一瞬の緊張感を持つ事は、余りにも全てが贅沢であり、便利である現代生活の中の私たちにとって、とても必要な時間なのかも知れない。

長い時間をかけ、八十八ヶ所の寺巡りを弘法大師と、「同行二人」でする旅は、実に時間の掛る厳しいものであるが、石鎚山に登る短い時間の中の山頂への山登り、即ちこの山の頂上に立つ天狗岳や弥山、南尖峰は、秋の終わりから明くる年の春まで雪に覆われる。どの地方に行っても雪に覆われる山々は霊山として扱われる。そんな処には仙人や隠者が住んでいるという昔話も残っている。四国は霊場巡りで時間を忘れるような大きな国であるが、同時に雪深い霊山が人々を招いている事も事実だ。この四国生まれの小説家は『死国』という作品を書いているが、確かにある意味においては「四国」は「死国」なのかもしれない。多くの宗教人が、権力を持った人々に追われて流されたのもこの四国であり、敢えて自分の生き方を全うしたのも四国の或る人々であった。そういう所から四国巡礼の形も徐々に生まれて来たのかもしれない。そんな思いを持ちながら、私はこの石鎚山に最初に登った役小角の事などを、弘法大師と共に心の中で思い出したのである。

十五　春秋の遍路の道

四国は遍路道で作られている。常に行き交う遍路さんたちが西から東へと四国の山道を歩いていたのは、かなり昔のことでもあり、現代社会の人々でもある。西洋でも、ローマの本山に通うためにスイスの山を越えながらイタリヤ街道を進んで行った巡礼者がかなりいた。中には雪の中で亡くなってしまう人もいたのである。しかし今でもイタリヤ街道には沢山のカトリック教の善男善女が群がっている。今日の文明の発達したこの時代にあって、四国巡礼の善男善女たちは、同じ八十八ヶ所を歩くにしても、だいぶ便利になった。着ているものは立派だし、どう見ても全てが楽しい旅行の一面を見せている。私の友達で、松山に住む女性は子供の頃、菜の花畑の脇を金剛杖を突きながら通り過ぎる、本当に弘法大師と一つになって遍路の道を辿る人々を見ていたという。土佐の友達は、同じような遍路さんが、蓮華の咲く畑の脇を通り抜けていく姿を、やはり小さい頃よく見ていた。幼い彼に小さな巻き物をくれたお遍路さんがいたらしいが、今になってみるとその巻き物が何処に有るか分からないとも言っていた。

松山から北の方に向かうと、人口三万に足りない北条市がある。北条市

(注＝この原稿を書いている内に、今年、即ち二千五年一月一日を以って北条市は松山市に合併したそうだ）は瀬戸内海に面している。海岸沿いに東に進めば新居浜や丸亀の方に向かってしまう。北条市はいつも穏やかな瀬戸内海に向かった小さな都会であり、古代から「風早（かざはや）地方」とこの辺は呼ばれ、遍路さんたちは後ろの人々に丸めた背中を見せながらとぼとぼと歩いて行くのである。彼らは鈴を鳴らしながら街角に立つ。私の友達も北条市の方に向かう季節季節の遍路さんたちを見て育って来たのか、街角に立って「来迎の阿弥陀の光の円明寺　照りそう影は夜な夜なの月」と御詠歌を歌ったり、お題目を唱えたりする遍路さんたちに、接待する町の人々は、米を差し出したり、幾許《いくばく》かのお金を捧げたりするのを知っていた。私は子供の頃、関東の宿場町で祖父母の下《もと》で育ったが、その近辺のほの暗いランプの下の農家に集った十名ほどの老婆たちが、一斉に鈴を鳴らしながら「帰命頂礼《きみょうちょうらい》……」と一心に御詠歌を歌っているのをいつも見ていた。彼女たちの中に、この御詠歌の集まりを取り仕切る男妾を持っている金持ちの老婆がいて、時として彼女は、御詠歌の言葉を間違えるような老婆に向かって怒鳴り声をあげていた。部屋の片隅で数人の友達とじっと聞いていた私には、小さい子供ながら、御詠歌を歌っていても、その意味が消えてしまうようなこの老婆の仕草に腹立たしい思いを抱いたものだ。四国の御詠歌にはそういうことの全くない、人々の霊場巡りの清々しさがあるように思う。

この北条市に昭和の初年に生まれた或る男は、余程この遍路さんたちに心を熱く燃やしたのか、彼ら遍路たちの後ろ姿をこの風早地方の風土の中に見、そこに人間の何処にでも漂泊する姿を見て取った。西洋の巡礼者たちも、正しく四国の遍路さんたちの後ろ姿によく似ているではないか。遍路さんたちが円い背中を一層丸くしながら瀬戸内海の海岸沿いの道を遠ざかって行くのに、この男はやるせない人生の悲しさを見ていた。人間はこの人生を生きようとする時、時間の何処かで深い物にぶつかり、それは大抵の場合、四国の遍路道を辿ろうとする姿に変わっていくのである。風早地方を舞台にして書いた男は、この『花遍路』という小説の副題に「風の昭和日記」と付けた。人生の日々にも春秋がある。春があり、夏があり、秋があり、そして冬がある。人間はその中で笑ったり悲しんだりして遂には一生を閉じる。人生の時間はある意味において誰にとっても瀬戸内海の辺り、風早地方に過ぎない。生まれてから、成長しやがて老いていく人生はとても短いようだ。我々に背中を見せながら何処までも西に向かって、又東に向かって歩いて行く遍路さんの姿は、その昔、元気なものにも何か深い仏教の中の無常のようなものを教えてくれた。最近はきらびやかな姿で遍路道を歩く人も多いが、そればかりか、八十八ヶ所の寺をバスで行ったり、もっと酷いのはタクシーで通り抜けてしまう人たちもいると聞いている。宗教心はそういう所に止まることはない。組織宗教の巨大な伽藍《がらん》配置の前ならば金や物で動く一面もあるだろうが、本当の八十八ヶ所巡りの、時間を掛けた遍路の旅は、バスやタクシーで乗りつける遍路さんたちの身につくものではない。人生が本当の意味での、その人なりの「春秋の時間」であるならば、遍路の旅ももう少し真面目なものになるはずである。私たちの中の『花遍路』が有るからこそ、そこには遍路さんの、人生を記録した一つの日記が残されるのである。彼ら遍路さんの心には昔から風早地方の風が吹いている。

私は子供の頃菜の花畑の陰に隠れる様にして、鈴を鳴らし、杖を突いて北条の方に歩いていく遍路さんたちを見ていたという友人の話の中にこの四国を考える時、本当の遍路さんの姿を見るのである。やはり四国は昔から「遍路の道」から成立っているようだ。瀬戸内海から吹き寄せて来る風と、その風の中に時折聞こえる鈴の音は、真剣に歩いて行く遍路さんたちの魂の何らかの願いでは無かろうか。

一番札所から八十八番札所までの長い千何百キロの旅は、単に観光旅行などでは考えられない別の面を持っている。だから或る夫婦はこの長い旅路を踏破した後、「私たちは死んで行く時、きっと何処か良い所に連れていって貰えるだろう」と呟くのである。本当の四国八十八ヶ所の遍路さんの旅は、先ず高野山から始まり高野山で完結するとも言われている。中には八十八ヶ所巡りの終った後、逆回りをして一番札所まで戻るのが正しいのだと言う人たちもいるようだ。しかし、結局いつかは死んでいく人間であれば、その人なりの霊場巡りを自由な心ですれば良いのではないかと私は思う。

十六　四国銘菓

松山から郊外に抜けて南に下ると松前町に入り、それから直に伊予市が広がってくる。左側には実に穏やかな伊予灘が広がり、それはかつて私が東北で見ていたリアス式の三陸海岸とはまるで趣が違っている。太平洋の荒波がぶつかって来る三陸海岸のあの豪快さとは違って、何処か瀬戸内海の静かさが、この伊予灘には見られるようだ。

かつて若い頃の私は関東の霞ヶ浦付近で、旅行の途中、車での一夜を過ごしたことがある。私は素っ裸になり、波しぶきの中を泳ぎ出したのだが、海の中の虫に刺され、百メートルも沖に出ぬうちに岸に戻ってしまった。夏の月夜の晩であり、波はけっこう穏やかに思えた。伊予灘を東に見るこの辺りでは、海に入ることはなくとも実に穏やかな波頭の風景が感じられるのである。もともと私は海のない栃木県の出身である。どんな海でも、眺めるだけで嬉しさが沸いて来るのだが、三陸の厳しい海の風景よりは、茨城とか、この伊予灘の海の風景の方が私の心に安らぎを与えてくれる。

やがて私たちの車は予讃線沿いに長浜に向かう。実際にはここが四国愛媛県の長浜なので、「いよながはま」と呼ばれているらしい。普通「長浜」と言えば、その昔秀吉が初めて信長の許しを得て築城した琵琶湖の長浜を思い出す。栃木県などにも下野《しもつけ》何々という地名があるが、日本のあちこちに存在する同じ名前の土地と区別する必要があった。私は友人からこの伊予長浜のお菓子を贈られ、岐阜の家に戻ってから妻と共に美味しく戴いたのである。何処か羊羹に似て、同時に名古屋の「ういろう」に似てもいたが、その味は子供の頃食べた乾し羊羹のような懐かしい味がした。この生菓子の名前は「志ぐれ」といった。どんな謂《いわ》れがあるのか、又この菓子屋にはどんな歴史が有るのか私には知る由もないが、伊予長浜のただ一つの思い出としてこの菓子の名が私の中に残っている。

晩秋や　菓子は「志ぐれ」や　伊予訛り　　野村　博
（以下同人）

松山の方から長浜に着くと、駅前から378号線というのが出ており、これを行けば八幡浜に向かうようである。しかし長浜駅前の道を少し行くと、間もなく大洲長浜線というのが左の方に出ており、ここを進めば大洲に行くようだ。私がここで書いた「志ぐれ」というお菓子の本舗は大洲長浜線に入って直の所にある。このお菓子屋は、稲田菓子舗と呼ばれているので、この本の別のところで私が書いている、淡路島の「稲田家」と何か係わりがあるのではないかと思った。愛媛県長浜町の稲田菓子舗と徳島県の稲田一族に深い関心を持った事も事実である。私が東京で勉強していた頃、私より二つぐらい年上の、淡路島出身の女性徒がいた。彼女の名字は私と同じく「上野」であった。これまでは伊賀上野とか、同じ東北でも民話の里、遠野上野の一族とか、盛岡の上野一族の事は知っていたが、淡路島の上野とは珍しいと思った。徳島藩の稲田家の中にもたぶん上野という名の武士がいたと思われる。とすれば長浜の稲田家は淡路島の稲田一族と必ずしも深い繋がりがあるとも思えないような気がしてきた。

又別の菓子は四国の南の方の山々を越えて土佐に向かい、高知の老舗で手に入るものらしいが、「うめ不し」と呼ばれていた菓子を高知の友は、私に四国旅行の帰りに持たせてくれた。その菓子の説明には、土佐銘菓、藩侯御愛好とも書かれていた。私はこの「うめ不し」を口にすると、どうしても半世紀も住んでいた東北の一関の町を思い出す。一関には「松栄堂」という菓子屋があり、そこの菓子、「田村の梅」というのを忘れる訳にはいかない。「田村の梅」にある、あの甘酸っぱいような紫蘇のかおりと何処か似ている餡のかおりに私は共通したものを「うめ不し」に感じた。一関に移り住んで間もなく、この「田村の梅」を初めて口にした時、私も若かったせいか、その甘さ故にびっくりしたのである。元禄の昔、忠臣蔵の中に出て来る浅野内匠頭が自刃させられたのは、一関藩の殿様であった江戸の田村屋敷の庭先であったと言われている。この田村藩から菓子処としての仕事を認められ、「田村の梅」が延々と今日まで続いている。高知の藩主である山内の殿様からやはり名前を貰った「うめ不し」にもこれと同じような時代の中の歴史が見られるようだ。恐らくこの「松栄堂」も時代の変る中でこの甘さをかなりまろやかに変えていったのであろうが、やがて子供たちも大きくなり、私もそれなりの年になると、この生菓子も結構美味しく感じる様になった。今度の四国旅行で口にした「うめ不し」は初めから実によく私の口に合うようだった。この菓子を出している「西川屋」は一関の「松栄堂」と同じく元禄年間の創業である。正治の昔、未だ僻地であった土佐に流された八十三代の土御門上皇が姫倉山で月見の会を開いたが、麓の方にあった山寺の老僧が自ら作ったお菓子を献上した。これを喜んだ上皇がこの菓子に「うめふし」という名前をつけたと言われている。そんな昔の話を西川屋の主人は思い出しながら「山内藩侯に献上したらとても喜ばれた」事を伝えている。今の「松栄堂」の主人もなかなかの文化人である。ヨーロッパを永らく旅行して来た様な岩手の画家たちを自分の所に逗留させたり、彼自身立派な茶室を持ち、茶の道具を揃え、季節に合わせた茶会を開いたりしている。「西川屋」の主人も同じような文化人ではなかろうか。

四国にもそれなりの変った煎餅があるようだ。四万十川のあたりの、土佐の美しい物語をいっぱい含んだ「青のりせんべい」というのもその一つであろう。この煎餅を私が口にしたのは、松山のホテルであった。

四万十川と言えば、下流に幾つも架かっているのが、あの沈下橋である。一つ一つまるで芸術家の作品の様に橋の長さや橋桁の大きさなどが違っていて、そこにも又得も言われぬ面白さがあるようだ。川の両岸にはかなり昔、山の方から落ちて来たと思われる岩が今なお転がっている。こういう岩の風景も又この四万十川を美しい流れに見せている。夏になると子供たちは昔も今も変わりなく、あちこちに架かっている沈下橋から清流に飛び込むそうだ。

世界中何処を見ても、その民族や国によって独特の菓子やケーキというものが昔からある。ドイツには「バームクーヘン」などがあり、他のヨーロッパ諸国にも夫々変った名前のケーキや菓子がある事を私たちは知っている。

ケーキは子供の甘いもの好きに対して作られた嗜好品《しこうひん》ではない。西洋のケーキがそうならば、何の目的で作られたか、恐らく貴婦人たちの甘いものを嗜好することに対して作られたものかも知れない。しかし日本の場合は、男たちの厳しい茶の道にとって、季節季節の深みを持った菓子は重大な意味を持っていた。四国のあちこちに見られる現代人のための菓子も又、昔の様々な歴史的な思い出と共に残っていることは間違いのないことだ。夫々の地方でそこの菓子が深い意味を持つている事を考えながら、伊予長浜や高知の銘菓、又四万十川の歴史にまつわる煎餅などに関して、私はこんなことを書いてみた。

十七　伊予絣

梅匂う　小雨の朝と　なりにけり

人間は何処に生まれ、何処で生活しようとも、しかもどんな文化の勢いの中で自分を育てていこうとも、その人の人生は間違いなく一つのはっきりとした歴史の重みを持っており、それはやがて誰によって書かれても、又説明されてもそれなりの大きな言葉の力を持っている。人間は絹とか、今日のような合成の類《たぐい》の布地でもって身を纏う時代が来ている事も事実だが、もともとどんな民族の中でも、昔は木綿こそがその頃の人間が着ていた衣類であったことは良く知られている。ごく最近出来た新大陸、アメリカにおいても黒人の奴隷たちは必死になって綿摘みに精を出したのである。洋の東西は違っていても、古代の人間たちは汗水流して綿摘みをしたことには変わりがない。九州には久留米絣と名づけられた織物が現われ、四国には伊予絣というのが現われた。

その昔愛媛県は、「松山」や「伊予・温泉」といった二郡からなる伊予の国から出来ており、この地方にも、木綿絣が生産されていたのである。江戸時代の初めのころ愛媛県は「木綿」と呼ばれていた白木綿の産地として有名であった。そこにはやはりアメリカなどの南部に見る黒人たちの綿摘みの悲しい運命と、どこか繋がる貧しい人たちの暮しがあったように見えた。伊予の農民たちは何処の地方の人たちとも変わりなく、昔はかなり貧しかったようだ。東北の農民を笑い、関東の八州の人々を嘲っていた人々は、四国のこの辺りの農民漁民を或る意味では同じように嘲っていたのかもしれない。

春の宵　恋とも違う　思いあり

しかし京都の人間とは違って他の地方の人々は、あらゆる意味において全てあの頃、貧しく生きていた事は充分考えられる。地方から年貢米を背負いながら、長い道程を京都までやって来た多くの農民たちの中には、京都に着いたとたん、気力の一切が抜け切って死んだ者も決して少なくなかったと言われている。しかしよくよく考えてみれば、あの頃の日本人の貧しい生き方の中にこそ、日本的な文化の熱い匂いが感じられるのである。西洋でも東洋でも同じだが、昔の人々は、現代の人々には考えられないくらい貧しかった。そういう貧しい生活の中からこそ、文化の夫々の特質がはっきりと現われたということは、文化が生まれる土壌として人々の生き方の貧しさが考えられるが、豊かな学問に支えられて傑出した人間、又はその地方、その国においいて碩学とまで言われる人間の育ち盛りの生活は、多くの場合じつに貧しかったといわれている。孔子も老子もそしてソクラテスも例外とは言えない。豊かなものの中で育つよりは、いつの場合でも不足がちな生活の中で独学する様な人間だけが、大抵の場合、人間として、偉大な学問の徒としての姿を世に現わすのである。

僅かにいる地方の小金持ちたちに買われた伊予絣とは別に、綿埃のついたような、売りに出せない絣は、妻や娘の手によって貧しい人々の身に着ける木綿絣として人々に安く売られていったのである。四国の西に向かって広がっている伊予灘に小舟で魚捕りに出掛ける夫や父親などは、妻や娘たちが日がな一日、暗い土間で織った綿埃のついた絣を脇に積んでおり、魚捕りの最中でさえ、九州の方の漁民たちに安い金でこれを売っていたという話も聞かされている。家中の者が夢中になって働きながら、やっと食べていかれた時代というのは、日本中、京都を除けば何処も同じだったろう。農民や漁民の女たちが織っていた伊予絣などは、今日のような豊かな時代になると、地方の民族資料館などにその一部が展示され、そういう時代の苦しみを知らない人々が、驚いた目で眺めてもいるのである。私は九州は宮崎県の都城の画家から「久留米絣」を貰ったことがある。これは私が愛用する着物になっているが、たまたま東北の地で買い求めた伊予絣も私の着物として今でも残っている。しかもいま考えてみるとこの伊予絣の反物は、他の織物と比べて何とも安価な値段がついていたように思う。東海地方のこの地に移り住む様になってからは、こういう着物も手を通すチャンスはないが、東北の地で子供たちに英語などを教えていた頃は、よくこの伊予絣の着物を身に着けていたものである。段々と伊予絣が一地方の産物となって広がっていった頃、人々は「地機《ぢばた》」又は「大和機《やまとばた》」を用い、自給的な家内工業として伊予地方では段々と人々の間に広まっていったようだ。江戸時代の享和、及び文化年間に「高機《たかはた》」という多少便利になった機織り機が使われるようになると、その生産額はずっと高まり、松山藩はその勢いに驚き、伊予絣生産の保護に勤めたそうである。やがて時は移り、文政年間には地方への販売も益々広がり、明治に入ると生産高は最高に達したと言われている。しかしそんなことには関係なく、アメリカの奴隷たちの努力によって広がった木綿の生産高と同様、伊予絣、久留米絣もこの国の人々の貧しさの中で発展した悲しい歴史の中の驚くべき文化の形式だったのである。絹やナイロンのドレスに変わる時代の前に、貧しさの中で力一杯生きた人々の心が分かる様なこの伊予絣など、私たちはとても大切に扱わなければならないと思っている。

この前の戦争の後、日本に入って来たアメリカの進駐軍の家族たちが、赤い糸で縫われているジーンズを穿いているのを見て、日本人は目を丸くしたものだった。少年であった私も相当に驚かざるを得なかった。日本人から見れば、何とも豊かな生活をし、驚く様な車に乗っている彼らが、農作業をする時に身につける様なジーンズで町中《まちなか》を闊歩するのを見て、私たちの考えの一部はかなり変わったような気がする。やがてヨーロッパを歩くようになった私が、パリの街角で「ボロルック」の美人たちを見た時、この新しいもう一つのバロック形式のジーンズファッションに、再び驚いた事を今でも忘れることは出来ない。こういう点から考えれば、今日の人間の目で見れば、伊予絣も、久留米絣も、関東や東北の貧しい木綿も、結構美しい新しい美学として理解できるのである。これらの木綿が、何処か汚れていて穴があき、擦り切れているのも一つの服飾文化として考えられない訳ではない。流行も年が経つごとに、巡り巡って来ることはこんな事からも理解できる。

今日人々が見向きもしないような素朴な機械や機織り物、又は昔の書生が心を込めて行灯《あんどん》の光の下で読んだと言われている古い書物など、私たちは些かも馬鹿にして扱ってはならない。伊予地方にも四国のあちらこちらに見られる様な、紙漉《す》きの技術が相当前から生まれていた事も伝えられている。木綿もそうだが、人間には物を書くという素朴な能力が身に着いており、この伊予地方にも、それなりの紙漉きの技術が生まれていたということは、些かも驚くにはあたらない。

喜びは　至る所に　桃の花

十八　ゆうやけこやけライン

松山の町を背後に見ながら予讃線が南に行くまま、私たちの車も何処までも広がる田圃の中の駅を幾つも通り過ぎ、松前町や伊予市を抜けて、静かな海の見える辺りに向かった。この辺りから伊予長浜までの長い道程は、かつて関東で私が育ったころ何度か見ている九十九里の浜辺を思い出させてくれた。高野川から伊予郡双海町内、上灘、下灘地区を通って伊予長浜までの間の海岸筋は、もともとこの辺りの人々にとって、夕焼けがとても美しく見える所だと言われていたのだろう。最近の大きな地図には「ゆうやけこやけライン」という名によって観光地として知られている。外海がどんなに荒れていても伊予灘は池の様に静かであり、その穏やかさはやはり、この辺りが瀬戸内海の一部であることを教えてくれる。伊予長浜に流れ出る肱川は、高知との県境である西予市の鳥坂峠辺りに源を発し、大洲を貫流して伊予灘に注ぎ込むのである。

私は八幡浜の町をどうしても見たかった。そこで幕末から明治にかけて、空を飛ぶ夢に生きていた二宮忠八に関しての色々な生き様を知りたかった。伊予長浜からは予讃線が左に曲がり、肱川の辺りを上り、大洲の方に向かっているのだが、私たちの車は敢えて山中を通って八幡浜市に向かった。八幡浜から西の方にかなり長く伸びているのが佐田岬半島であり、その西には大分の佐賀関半島があり、それを目にした時、私の頭の中には「関鯖」の思い出が浮かんで来た。かつて十年以上も前のことであった。私の息子の一人が札幌にいた頃、私はそこを訪ね、一緒に寿司を食べたことがあった。けっこう色々な寿司の種が用意されていたその店の中に、大分の佐賀関から送られて来たという「関鯖」があったのには驚いた。恐らくはそれまで私は関鯖の寿司を、口にしたことはなかったと思う。色々な地方の寿司種となって来るものの中には様々な変わったものもあるのだが、そういう名前の中にこの「関鯖」も入っていた。佐田岬と佐賀関の間は速吸瀬戸と呼ばれ、別名豊予海峡と呼ばれており、勿論流れはとても速く、海の中は山となり谷間となり、佐賀関の漁師たちはその辺りで獲る鯖の事を「関鯖」と呼んでいる。この辺りの海流の速さによるのか、その勢いの中で育った鯖は他の地方の鯖よりは身のしまったものとなっている。この事を別の見方で考えるなら、四国の佐田岬の漁師たちが獲る鯖であっても訳は同じではないか。他の地方に出される時、「関鯖」としてこの辺りの鯖が売り出されたせいか、又は佐田岬の漁師たちがのんびりと魚獲りをしていたせいか、今ではほとんどの人が、この佐賀関と佐田岬の間で獲れる鯖の事を纏めて一口に「関鯖」と呼んでいるようだ。

　商魂豊かな九州の人々に比べて、愛媛の人たちには何処か穏やかな一面があるように思える。戦後、大分の県知事始め、その関係の人々が力を入れたのは「一村一品運動」であった。やがてそれは日本全国に広まり、今では何処の町でも村でも、一品に限らず、十品、二十品ぐらいを「道の駅」などに出している。こんな所にも四国と九州の人間の違いみたいなものが感じられて仕方がない。海一つ越えると、その向こうは別の土地であることがよく分かる。八幡浜を訪ねる前の一時、私は「ゆうやけこやけライン」を通りながら豊後水道についてこんな事を考えていた。

十九　豊後水道の夢

松山から南に向かって「ゆうやけこやけライン」を進んだ時、瀬戸内海は蕪村の詠んだ海の様に静かだった。

十三才の私は四国のこの辺りの春の風景を知らなかった。伊予灘や彼方の周防灘は同時に豊後水道として四国の人々にも知られていたが、昭和二十年の春の一日、呉を出港した巨艦大和がこの辺りを沖縄に向かって通り過ぎていた事を知る由もなかった。

昭和二十年四月初め、大本営の首脳部は沖縄攻略の米海軍に対して、まるで殴り込みをするように海軍の特殊部隊を送り込もうとしていた。これこそ沖縄海上特攻作戦の「菊水一号作戦」だった。だが本当の意味におけるこの「菊水一号作戦」は、「弩級戦艦大和」を中心とする軽巡洋艦「矢矧」、更には駆逐艦八隻からなる特攻部隊であり、「大和」などはわずかに沖縄までの片道の油しか積んではいなかった。

この「大和」の数多くの兵士たちの中に、一人東大出の海軍少尉、某満という通信兵がいた。彼はマストの一つに上り、これが見納めとばかり、四国の方を眺め、潮風に当たりながらまるで宗教人の様に人生の無常を感じていたらしい。この巨艦は沖縄に着くと、陸地に打ち上げられて、積めるだけ積んで来た弾丸を米海軍の方に向かって撃ち尽くし、玉砕する事を命じられていた。この若い東大出の青年の心にもこの事は分かっていた。彼だけではない、この船から偵察飛行をして敵軍の近くに飛んで行った我が息子が、二度と帰って来ない事を知った沖縄海上特攻作戦の総司令官、伊藤中将や全将兵も又、自分たちの明日の運命をよく知っていた。四十七士たちの腹切りの明日を知って生きていた姿と、戦艦大和の司令官や艦長以下の乗組員が知っていた心は、何処か同じではなかつたか。まだ豊後水道に入り始め、伊予灘の一角にいながら、この青年、某満少尉は、明日の自分の運命を他の兵士たちと共によく知っていた。やがて豊後水道を離れ、巨艦が沖縄に向かって進み始めたころアメリカの空母から蝿の塊の様に艦載機が飛来した。一機、又一機、これらの艦載機の弾がこの巨艦を狙って迫って来た。何百機とも知れない艦載機の落とす爆弾によって、この巨艦もそのままで頑張っていられる訳もなかった。

総司令官だった伊藤中将以下の約三千人の大和の乗組員は、もはやどの様に名誉ある戦死をすれば良いのか、それだけしか頭にはなかった。伊藤中将はじめ海軍の幕僚たちは、飛行機の助けの無い裸の軍艦で敵に向かうことは、勝ち目の無い戦いである事をよく知っていた。沖縄特攻作戦を始めても、数時間後には米海軍の航空機部隊の猛攻に遭って、大和は直に堪えられなくなる事を誰もが理解していた。不幸にも一機の艦載機が落とした爆弾が、山ほど積んだ大和の弾薬庫に命中し、大和は火の玉となってのたうちまわり、のけぞるように苦しみながら沈んでいった。伊藤中将はその時「作戦は中止だ！　無事な駆逐艦は何とか内地に戻せ！」と叫んだそうだ。伊藤中将が長官室に入って自殺をしたのは、それから間もなくであった。大和の乗組員の殆どは艦と共に沈んでいった。生き残った者は僅か二百五十人ぐらいであった。某満少尉は海に投げだされた。艦長の大佐と副官の二人は、船の一箇所に若い部下に身体を縛りつけさせ、「お前たちは早く船を離れよ」と命じ、長官と同じく船と運命を共にした。巨艦から流れ出す重油の漂う波の上で某満少尉は艦尾の旗が今にも沈んで行くのを見ていた。その時、恐らく東北の田舎出身の少年兵であろう、未だ十五、六才の少年兵がするすると旗のところまで登って行った。某満少尉はこの時はっきりとこの水兵の心が分かった。その少年兵は自らこの旗を守り、この巨艦と共に死んで行く名誉を得たかったのであろう。

「・・・・大君の辺《へ》にこそ死なめ、かへりみわせじ」

　万葉時代の言葉に寄せて書かれたこの歌は、私たちの心を嫌がうえにも揺さぶって止まなかったのである。これを現代の言葉で言うならば、「・・・天皇の傍らで死にたい、そのためには他の一切のことは気にはしない」

　あの頃十三才の私でさえ、今頃になってこの歌に感無量のものがあるのは、決してあの戦争が懐かしいのでも何でもない。ましてや今八十才代、九十才代の老人たちがこの歌を聞いて涙を流すのも仕方がないのである。戦争を、良いとか悪いとかいう前に、当時この歌によって洗脳されていた生き方の中のリズムが、ある年齢の人々にはふと甦って来るからである。

間もなく巨艦はすっかり水中に没した。今まで見ていた軍旗も少年兵の姿も少尉にはもはや見ることは出来なかった。海に投げ出された水兵たちが、その辺にいたボートに掴まろうとすると、「このボートには既に多くの兵が乗っており、お前たちが乗るのは無理だ」と言いながら古参兵たちは引き抜いた短剣で、それでもボートの縁に掴まる水兵たちの指を切り落としていったという。某満少尉は書いている。実に悲しい日本水兵たちの最期ではないかと。幸い将校だった某満少尉は生きて帰り、もう一度大学に復帰したのか、その後、敗戦後の日本の銀行で支店長ぐらいの地位にまでいったと言われている。今から何十年か前のことである。私はこの某満少尉の『戦艦大和の最期』という作品を感動的な心で何度も読んだ事を覚えている。この某満少尉もとうに亡くなっている。

人間の時間というものはアッという間に過ぎていくものだ。四国のこの辺りについても、十三才だった私にとっては、地理の勉強の上での浅い知識でしかなかった。戦後私は戦艦大和の最期を知ったり、豊後水道を最初にして最後の旅と知りながら、堂々と沖縄に向かって進んで行った巨艦大和が、伊予のこの辺りか豊後水道を出た辺りか今の私には知る由もないが、マストの一つに上り、そこで海風に当たって人生の終わりがもうすぐ近づいて来ている事を意識しながら、その虚しさを考えていた某満少尉の若い心を、半世紀以上も経つ今頃になって再認識し、この伊予の優しい海を車の窓から眺め、熱くなる心をどうしようもなかった。伊予の海を俳句にする前に、ただ一人、何の力もない私は、人生の無常を某満少尉と同じ様に考えるだけであった。

二十　近江聖人は大洲聖人であった

松山から八幡浜の方に向かう予讃線沿いの通りは、伊予灘に面した実に静かな一角である。伊予市から少し先に行くと向原という辺りを通るが、その辺りで松山自動車道や大洲街道は、予讃線から分かれて山の方に向かう。私たちは海岸沿いの長浜辺りを眺めながら八幡浜の方に向かったのだが、長浜で伊予灘に流れ込む肱川を上っていけば、そこには大洲市がある。

江戸初期の頃、米子の藩主、加藤貞泰がこの地に移封され、伊予の国、大洲の殿様となっていた。後になって、日本の陽明学の父と言われた中江藤樹は、この小藩、大洲の一郡奉行《こおりぶぎょう》であった。元々彼は四国の生まれではない。現在の滋賀県安曇川町に生まれ、幼い頃、米子の加藤藩に仕えていた祖父の許《もと》にやられ、祖父の死んだ後も武士として、しかも結構身分の高い侍として大洲に移った加藤家に仕えていたのである。しかし彼は侍である前に、当時には珍しい哲学者であった。大洲での二十七才までの生活の中で様々な学問を身に付けていた。未だ十七才という若さの中で中江藤樹は、京都の哲学僧であった人物から『論語』の内容深い講義を聴かされ、『四書大全』を手に入れ、このほとんどを全くの独学で身に付けたらしい。そういう彼は、当時の日本に入って来ていた「朱子学」の全てに精通してしまったという訳だ。これから見ても、大洲の郡奉行のままでいられる中江藤樹ではなかった。二十七才のとき彼は、大洲加藤藩を離れて母に対する孝養を尽くさなければならないと考えたのである。これほどの学者である中江藤樹を、加藤藩の家老たちが黙って国に帰すはずもなかった。神童に近いと思われていた中江藤樹は、十一才にして『大学』を諳《そら》んじ、「天子より庶民に至るまで壱に是れ皆身を修るを以って本と為す」という名文にぶつかり、彼はそれに感動してもいたのである。やがて先ほども書いた様に十八才にして朱子学を完全に自分の哲学として理解したのである。しかしそれから後、三十代半ばにして「道教」に深い関心を持ち、本来彼の中にあった、宗教組織ではなく、宗教心に向かう傾向が強くなり、益々徳目を重んじる人間に変わっていった。この頃の藤樹の主張していたものは「善孝説」と言われているが、そのために書かれた彼の『翁問答』は良くこの事を現わしている。

大洲の加藤藩から母の許に戻ることの出来なかった彼は、止むを得ず脱藩した。少しずつ彼の中に芽生えて来た「神人感通」の哲学的な内容はいよいよ強くなり、「わが心の孝徳あきらかなれば、神明に通ずる」とまで信じる様になった。大洲時代から彼に従い彼の教えに従っていた近在の同士や弟子たちは、彼と一緒に現在の滋賀県まで従《つ》いてきた。彼のいる所には常に百姓、町人、侍の弟子たちが集まって来た。彼の家の庭には一本の藤の樹が在った。弟子たちはこの樹を思いながら彼を「藤樹先生」と呼んでいた。三十を過ぎた頃、というよりは彼が四十才にして没する短い数年の間、中江藤樹の心の中には朱子学の中にあった様々の、理解出来ない問題を抱えながら、これ又中国からやって来た「陽明学」に心を奪われていった。藤樹の心ははっきりと陽明学の平和な心や、今で言うヒューマニズムの思い、又社会的な一切の身分を廃止、純粋な精神を求め、そこに人間の思いの深さを信じた生き方に納得がいったのである。彼はこの頃『大学考』『大学解』『中庸解』などといった独特の哲学的解説書を世に著していた。彼のこういう陽明学の考えは日本全国、津津浦浦の庶民たちは勿論、大名たちでさえも感銘を受け従う様になった。その中には岡山の池田藩の藩主光政や山鹿蘇峰などがいた。蘇峰の教えによって目覚めたものの中には、浅野内匠頭やその家来大石内蔵助などがいた。それが本当の歴史的な事実であるかないかは別として、「天野屋利兵衛は男でござる」と言った利兵衛の言葉など、間違いなく何処かに中江藤樹の陽明学の大きな息がかかっていたと思うのはこの私だけではあるまい。

中江藤樹の直接の門人には淵岡山や熊沢蕃山がいた。淵岡山は師藤樹の教えをそのまま守り、京都に建てた塾で教えていたが、熊沢蕃山の独特の学風は、必ずしも中江藤樹のそれとは一致してはいなかったらしい。

岐阜県各務原《かかみがはら》にいる私は雨が降らない限り、毎日、里山から造られている公園「各務野自然遺産の森」に、妻と散策に出かけているが、公園の一角には、その昔この辺りの庄屋をしていた家の子孫がこの町に寄贈した、昔そのままの庄屋の家が復元されている。その裏庭には釣瓶《つるべ》ではないが、この前の戦争頃まで使っていたような古いポンプ式の井戸があり、その傍らには、枝折《しおり》戸が実に上手く配置されている。ちょうど私が小学生の頃、『修身』の時間で習った、母親のために膏薬を持って来た幼い藤樹が井戸の傍らの母に叱咤され、「早く戻って勉学に励みなさい」と言われているような風景を、私はこの道を散策するとふと思い出すのである。恐らくその後、藤樹は雪の道を塾に戻ったのであろう。賢い子には必ず賢い母がいるものだ。私は「孟母三遷」という中国の言葉を思い出さずにはいられない。

八幡浜に向かった私は、大洲市には立ち寄らなかったが、長浜からも宇和町からも然程遠くない所に存在する町であれば、この中江藤樹の話がもっと分かっていたなら、ここにも足を延ばしていたかも知れない。天神の庄屋の大きな家からも、肱川町からも、野村町からも大洲に向かう道は色々通っていたようだ。

これまで、「近江聖人」として扱われている中江藤樹の事はよく知っていたが、この四国を旅行してみて、藤樹が「大洲聖人」であることもよく分かった。紀貫之などと並んで中江藤樹も又、この四国に足を踏み入れた、その時代の歴史人であることを私はよく理解した。

二十一　シーボルトの娘・楠本いね

日本を訪ねたドイツ人のシーボルトには、現地妻の「たき」がいた。同じ長崎には、時代は多少ずれているがフランス海軍士官であり、作家でもあったロチがいて、彼には「きく」という現地妻がいた。たきとシーボルトの間には「いね」という名の娘がいた。「いね」は聡明な娘であった。近所の日本人たちからオランダ人と言われ、その混血の子として生まれた自分の運命を、幼い頃からよく知っていた。自分が当たり前の日本の娘としてこの国には生きていけないという現実さえ、はっきり認めていたようだ。ロチの様に日本にいる間の現地妻としての「きく」と楽しく暮らしていても、やがて他の国に行ってしまえば、ロチは「きく」にとって日本に立ち寄っただけのただの外人でしかなかった。ロチは二度と彼女に手紙も書かず、音信不通となった。だが医者のシーボルトの方は、大分事情が違う。ドイツから人知れず手紙を「たき」に送ったと言われている。彼はたどたどしい日本語で、何日もかかって、さほど長くもない手紙を書いた。その度にシーボルトは娘「いね」の事に触れることを忘れなかった。フランス人のロチとドイツ人のシーボルトの間には、一見似ているような日本人妻への愛情が見られるが、よく見れば二人の愛の形は全く別のものとも言えるのである。やがて医者の卵となり始めた娘「いね」と妻の「たき」に再会するために、シーボルトは再度日本を訪れている。ほかにも日本の女を愛し、死ぬまで日本の地を離れなかったスペインの男が四国の徳島にいたが、シーボルトの日本人妻の「たき」に対し、又娘「いね」に対しての愛情は相当なものであった。

一八四五年、即ち弘化二年に十八才となった「いね」は、医学の修行のために父シーボルトの門弟の一人である石井宗謙のいる岡山に旅立った。宗謙は医者といっても産婦人科を得意としていた。「いね」は父親シーボルトから前もって送って貰ったオランダ語の文法書に向かい、日々オランダ語の勉強に励んでいた。混血児である自分の身の上を考えると、今後オランダ医学を身につける事は、自分の使命だと思っていたに違いない。幼い時から青い目をして、髪の毛は赤く、肌の色は特別白い彼女は、確かに日本人の目には異国人に映ったに違いない。近所の男たちの中に彼女に近づき、手を出そうとするものもいたが、それに応じる彼女ではなかった。石井宗謙の家に住み込んだ「いね」は、医学の、特に産婦人科の基礎の基礎を徹底的に学んだ。その合間には宗謙の家の炊事から洗濯掃除まで、家事一切をやらせられた。彼女の毎日は、早朝から夜遅くまで休む暇もなかった。この日本で何とか生きて行かねばならない未来を考えると、そんな忙しさに対してもそれに負けてしまう心は起きなかった。一度志を立てたからには、必ず産婦人科の医者になってみせると、「いね」はきっぱりと心に決めていた。だがやはり、彼女は日本人の間では、単なる「オランダ人」であり、「混血児」でしかなかった。父親シーボルトの門弟でもあった石井宗謙は、こともあろうに、恩師の娘である「いね」に近づいていった。確かに色白で青い目をした彼女の魅力には宗謙も勝てなかったようだ。岡山に来て六年目のこと、「いね」は宗謙の子を孕《みごも》った。頭がよく、産婦人科の心得も多少なりとも身につけた彼女だったが、二十四才の身で考えることには当然ながら限界があった。大きなお腹をしたまま彼女は母を頼り、長崎に戻った。そこで「たか」という名の子供を産み落とした後も、「いね」は決して医学追求の熱い心を忘れはしなかった。「たか」を母に預けると、長崎の町医者の下に修行のために通い続けた。しかし修行の道は、特に医学の上での厳しいこれからの道を考えると、いつまでも長崎にいる訳にはいかなかった。十八のとき岡山に旅立ったように、「いね」は長崎の母の下を離れて、四国に渡ったのである。娘「たか」を母に残して旅立つ「いね」の心はどれだけ苦しく悲しいものであったか。彼女は伊予の国の卯之町、現在の愛媛県宇和町で開業医をしていた二宮敬作を頼って行った。敬作も又、彼女の父シーボルトの弟子の一人であった。敬作は高良斎と共に、シーボルトが日本を去っていった後も、長い間シーボルトが長崎に残して行った妻の「たき」と娘の「いね」の面倒を見たと言われている。それだけに敬作は「いね」が卯之町を訪ねて来た事にどれだけ喜んだか、まるで実の娘が戻って来た様に彼女を歓待してくれた。敬作は「いね」に対して産婦人科、又他の内科全般に亘ってあらゆる指導をしてくれた。敬作の下で「いね」の修行は四年間続いた。

それから間もなく、二度と逢えることはないと思っていたシーボルトが、突然十二才の息子アレキサンダーを連れて長崎を訪れた。勿論「いね」も敬作もシーボルトに逢うため長崎に行った。かつてシーボルトの門弟だった数多くの医者たちも長崎を訪れ、敬作たちと共に、シーボルトが日本を去ってからの「いね」がどんなに苦労をしたか、当然その話も話題に上った。しかし長崎での生活の間シーボルトは、妻「たき」を決して自分の部屋に寄せつけなかったとも言われている。彼ら二人の間には、我々には理解出来ないような精神的な男と女の行き違いがあったのかも知れない。

話を「いね」に戻そう。彼女はやがて、二十年にも亘る医学の勉強が終わると東京に行き、明治三年という年に産婦人科を開業した。そのころ彼女は日本で初めて宮内省の御用係となった。この頃が「いね」の、医者としての人生の絶頂期であったと言われている。その後の人生は子供や孫の世話をしながら、決して実り多い人生ではなかったようだ。いずれにしても人生の色々な経験を通り抜けながら、彼女は明治三十六年、七十六才で亡くなっている。

私は四国の友人たちと共にこの卯之町を訪ねた時、こんな、「いね」の心を知ることが出来た。

二十二　文化の町―宇和町（1）

車で松山から長浜を通り、宇和島に続いている道は、右側に伊予灘や宇和海を望みながら、そこが豊後水道と言われている穏やかな内海であることを教えてくれた。

この前の戦争の終り頃、呉軍港を出た世界の巨艦「大和」は、積めるだけの重油と砲弾を積んで伊予灘を沖縄に向かって進んで行った。この巨艦にとって沖縄は終焉の地であった。砂浜に座礁させて、全弾を撃ち尽くし玉砕する気持ちで誰もがいた。しかし大和は沖縄に着くずっと手前で、アメリカの艦載機に襲われ、たちまち海の藻屑となってしまったのである。あの頃の日本の軍部の偉い人たちには、本当の意味での世界の情勢が分かってはいなかった。その頃既に世界の大物軍人たちは、「これからは巨艦の時代ではない。」と知っていたが、日本は「大和」という巨大な戦艦を作ることによって、世界の海軍に伍していこうとしていた。しかし世の中は、巨艦の時代ではなかった。グラマンや、ヴォートスコルスキーの様な艦載機が次から次へと押し寄せて来る中で、「大和」は弾薬庫を爆破され、全艦火だるまとなり、たちまち沈んで行ったのである。当時私は十三才だった。新聞の記事によって読んだのか、他の誰かによって教えられたのか、「大和」の最期はとても悲しい事件として、それからの長い敗戦後の人生の中で私は忘れることが出来なかった。

何処までも静かな伊予灘の海岸は、私を慰めてくれたが、佐田岬の内側に広がっている宇和海もこのように瀬戸内海の静かさの中に広がっているのだろうか。松山から宇和島の方に予讃線というのが通っている。その途中に在る宇和の町は、あらゆる意味で何処となく文化の匂いのする、いわば小京都と言うべき処だった。そんな静かな町の一角に、やがて江戸で捕まってしまう高野長英が、まるで何か悪いことをした犯人の様に匿《かくま》われていた事実に、私は不思議な思いを抱く。彼が住んでいたという、密かに隠れていた小さな家が今なお残っており、その傍らには、恐らくシーボルトの娘「いね」が通ったであろう二宮敬作の住居があったらしく、今ではその家の跡を示す石碑のみが建っていた。

私と妻はこの町で、同行した友人によって用意された人力車に乗せて貰った。江戸中期から昭和の初め頃までの商家が次から次へと建ち並び、それらの家は、白壁やうだつ、半蔀《はじとみ》や出格子などといった伝統色豊かな、藩制時代の面影が残っていた。二宮敬作や、彼の下で医学を学んでいた「いね」もこの町並みを歩いたかと思うと、時代を超えた懐かしいものを感じない訳にはいかなかった。曳いて貰う人力車の上から見るのは、単に商家ばかりではない。古い民家を観光客のために復元して休憩所にしたり、誰もが気軽に立ち寄れる小さな店も並んでいる。そしてそこは、冬にでもなると囲炉裏の火で暖を取ることができる一角でもあった。こういった町の建築物や文化を後世に伝えようとしている熱心な若者たちに曳かれてこの辺りを一周した。妻の車を曳いてくれたのは、長英の隠れ部屋を今なお保存している、現池田屋の主人であった。池田屋の前には実に見事な門があった。その昔、庄屋の鳥居半兵衛が天保五年という年に建てたものらしく、「鳥居門」と呼ばれていることの建物は今では市指定の文化財となっている。半兵衛は財のあった男らしく、この鳥居門は、総欅《けやき》造りであり、門扉には鉄鋲が打たれ、反りの有る屋根には高々とした大きな鬼瓦が、如何にも厳《いかめ》しくつけられていた。庄屋にはこういう門が身分不相応だと宇和島藩から咎められたとも言われている。この家で高野長英は逃亡中に、大門の脇に作られていた布団部屋のような処にじっと身を潜めていたそうだ。幸いな事に私たちは、池田屋の主人に案内され、本来は祭り以外には公開することのないこの布団部屋のような隠れ部屋を、暗い階段を上ったり下りたりしながら見せて貰うことが出来た。いつの時代でも、新しい時代の夢に生きる本当の人間は、その時代の権力者などに追い回され、布団部屋のような〝魂〟の中の部屋に、今でも隠れていなければならないのか。

岩手県水沢で文化元年に生まれた高野長英は、二十二才のとき長崎に行きシーボルトの弟子となり、医学や蘭学を学び、やがて江戸に出て開業をした。彼は実に夢多いこの後の日本の将来を本に書いたので、幕府の役人に追われる身となった。同じシーボルトの弟子の一人、二宮敬作を頼って彼は江戸を離れ卯之町に逃れて来た。人力車の上から眺めた高野長英の家は実に小さく素朴なものであると私にはみえた。宇和島藩の役人たちが、思想犯としての彼を追い詰めてこの卯之町に来た時、長英は鳥居門の脇の隠れ部屋に身を隠していた。まるで作られた芝居の様に生々しい捕り物沙汰が行われたこの宇和町は、宇和島という大都会の傍らで、眠ったように存在した小さな町ではなかったようだ。幕府の未来がない事を知り、まるで竜馬の様に新しい未来を夢見た長英にとって卯之町は、一時的にせよ身を隠すに相応しい優しい人々のいる処だったのであろう。宇和という町はその点、本当の大物にとって、隠れ家を提供してくれる小さな天国であったのであろうか。私はこういう平和な一面を持った四国の姿が、この宇和町にシンボルとして現われていることを深く感じた。

二十三　文化の町―宇和町（2）

南伊予という結構開けた盆地には、色々な楽しい文化の遺産がある。四国の文化の形として闘牛もこの辺りの人々の遊びの形としてその名を残しているようだ。しかし、町としては小さな宇和町は、宇和島の北の方に存在していたが、当時の江戸文化の力の下で実に弱い存在であった。宇和の人々は、そういう江戸時代の力に特別反感も持たなかったが、彼らの生き方の奥底では深い不満の気持ちも十分あったようだ。私たちは人力車に乗って中町《なかんちょう》をゆっくりと通ったが、民具館の脇には光教寺という寺があり、そこまでは長い階段の道であった。その階段の脇には明治二年に造られた申義堂という私塾の建物が残されている。宇和町の人々の学問に対する熱心さは驚くばかりである。それほど豊かな町でもないのに、住民の一人一人はこの町の若者を教育することにあまりにも熱心であり、この私塾が造られるという話が持ち上がった時には、自発的にできるだけの寄付をしたそうだ。何がこのように宇和の町民たちを動かしたのか、と私は不思議な疑問を抱いた。オランダ人と呼ばれ、人々から笑われていた「いね」や、一人の思想犯として江戸を追われて、長崎時代の友であった二宮敬作を頼ってこの地を訪れた高野長英たちに対して、同情とは違う反幕府的な感情が、宇和の町民たち全体の中にフツフツと湧き起こっていたのではないか。「お上」とか、「役人」といったものに対して、反感の心を表に現わすことは出来ないにしても、彼ら宇和の人々の心の何処かにそういう思いがはっきりとあった事を感じるのは私だけであろうか。そんな人々の態度が、申義堂の建設に大いに力を貸したようだ。

明治十五年には、この私塾の左脇に開明学校という小学校が造られた。それは後に国指定文化財として残された。伊予の人々は何処までも子供たちの教育に大きな力を注いだ。今日、この町の中心に建っている先哲記念館の中を見ても、この町が産んだ夫々の分野で活躍した人々の多いことには驚かされる。この開明学校には当時の他の地方の人々が、城を造るのに熱心に力を貸したように、又はそれ以上に熱い心を持ってこの小学校を造るのに、まるで自分のことでもあるかのように手を貸した。当時としてはとても珍しい舶来のガラスを使った、如何にも近代風の建物には驚かされる。屋根瓦や、扉を見れば、如何にも日本の明治頃の建物に見えるが、モダンなガラスの入った校舎を外から見れば、まるでイギリスやフランスの建物のような一面も見せている。最近では同じように、重要文化財となっている長野県松本市にある、旧開智学校と姉妹館の提携が結ばれ、地方における小学校の建築物としてはとても珍しい存在とみられている。松本の方はよく知られた大きな都市だが、この開明学校は愛媛の南の方の、然程大きくもない宇和町に存在したということが何とも珍しい話なのである。今では地方からの観光客に体験させる「明治の授業体験」は私たち日本人の心を大いにくすぐるだろう。毎日午前十一時から午後二時までの授業体験は、校舎の中に並ぶ古い木の机を前にして、現代の私たちの心に熱いものを与えてくれる筈だ。こんな貧しい机の間にも、明治十五年頃の宇和の町民たちの学問に対する熱い気持ちや、そうならざるを得ない「お上」に対する反感に似たものを私たちも理解できるのである。

人力車の上の私たちを写真に撮らせてくれと言って来る老人の観光客もいたが、彼らの心にも響いている懐かしい明治の日本人の思いが、私たちにもよく伝わって来た。観光客の娘たちであろうか、この近くの店で貸衣装の矢絣《やがすり》と袴に着替え、中町を三三五五と歩いてもいた。恐らく「いね」などが今頃になって若い娘たちの間に評判を呼んでいるのではないか。

宇和の思い出は単なる町や村の思い出ではない。日本人として昔から私たちの内に半ば眠り、半ば目覚めて来る不思議な感情を休ませてくれる体験の時間として感じるのである。

二十四　文化の町―宇和町（3）

宇和町はその周辺に在る大きな、又小さな町々と比較して何かが違っていた。宇和町は或る意味で夢の町であった。

高野長英がこの町に住んだのは僅かな歳月であった。長英のような生まれて死ぬまで夢の中で生きた男は、そうざらに居るものではないが、宇和町と長英が結びつけられたのも決して偶然ではなかったようだ。彼自身いろいろな名前を自分につけていたが、その中の幾つかを上げれば、「驚夢山人」、又は「幼夢山人」などがあった。事実、彼は何処で生きていても、確かに人々を驚かせ、その生活態度には夢多く生きた幼子のような一面があった。彼は文政三年十七才の時、岩手の田舎から江戸に出て、杉田伯元の下に入門し、更には吉田長叔の塾に入り、長英はどんな先生についてもその夢多い才覚が買われ、いつも生徒たちの先頭に立っていた。その才気と覇気は先生や仲間をいつも驚かせていた。やがて文政八年の夏、長崎に行くことを薦められ、あの有名な鳴滝塾のシーボルトの門に入った。シーボルトは余程この長英に驚いたのか、彼にドイツ式に、又オランダ式に博士号までも与えてしまった。勿論ほとんどの日本人は、豊かな学問を持ったヨーロッパ人たちの憧れの「博士号」、即ちドクトルの称号を詳しい意味で知ってはいなかった。恐らく長英は「ドクトル高野」という自分の肩書を、人々の前に示すことも出来ない日本に居ることに、大いに不満を持っていた一面もあった筈だ。やがて師シーボルトが思想犯として役人の手に囚われそうになると、彼は逸早く日本中を逃げ回ることになる。初めは上越から東北、薩摩から大阪、名古屋、江戸と、転々と身を隠す旅に出た。その中にこの宇和の地が入っていることも忘れてはならない。だが長英にとってごく短い滞在の期間ではあったが、ここがとても平和な人々の居る良い土地だったらしい。彼は何処に行っても、確かに鷲夢山人であったし、幼夢山人であったのだろう。その間彼はずっとオランダ語の名著を訳したり、自分の数々の作品を書いたりしていた。事実彼は同じような鷲夢山人であった渡辺崋山や小崎三英といった人々と仲良くなり、如何にも彼らしくその時その時の大きな天下論を語り、一種の親睦会を持っていたようだ。幕府の役人の中には鳥居燿蔵の様な極めて保守的であり、洋学嫌いの役人が居て、政敵である代官の一人、江川英竜などが、渡辺崋山や高野長英などが入っていた尚歯会の会員の一人であった事が理由だったのか、明らかに蘭学者たちに対する敵意を見せはじめた。天保九年にアメリカの船モリソン号がやって来て、長英の『夢物語』や崋山の『慎機論』に対して幕府の反感は益々強いものになった。彼らの、明日を見る大きな心が幕府の役人たちにはどうしても分からなかった。彼ら長英たちには、自分の中に広がっている大きな夢がはっきり見えていたのだ。役人はじめほとんどの凡人である日本人たちには、どうにも理解出来ないことだった。長英は日本中を廻った後、江戸青山に居を構えたが、ある時、幕府の役人に後ろ姿を見られ、「高野さん」と呼ばれた時、江戸の町医者に成り済ましていた長英は思わず後ろを振り向いた。役人の手に捕まる前に、さすが才気煥発な彼も、自分の運命をはっきりと悟ったのか、自らの刀で自殺した。僅か四十五才の生涯であった。

こんな「ドクトル高野」も、この狭い島国日本では大きく羽を伸ばすことの出来ない存在であった。もしヨーロッパに行くことのできるチャンスでもあれば、彼は人々の尊敬する「ドクトル」として、どれだけ持っている力を発揮出来たか、やはり彼は日本国内では「驚夢山人」であり、同時に凡人の間では「幼夢山人」でしかなかった。だから四国の片田舎、宇和の地に僅かなりとも身を置きながらも、この町の平和さ、そして人々の心の優しさにどれだけ慰められたことか。何くれとなく彼を庇い立てもし、助けてもくれたシーボルトの門下生の一人、二宮敬作の墓が開明学校脇に建っているのも、私たち観光客にとっては深い感動となって迫ってくる。こんな大物が一時的にも身を隠し、それを助けた友がいたり、隠れ家を長英のために提供してくれた家があることを思えば、この卯之町そのものが明るい、鎖国の後の日本にどれだけ貢献したか、私たちは忘れてはならない。卯之町の南の方に在る宇和島の役人たちでさえ、或る意味では長英などに手を貸していた。まともに長英たちを護ることは出来ないにしても、見ぬ振りをして彼を逃すといった気持ちは持っていたに違いない。いつの時代でも、しかもどんなに弱い人間でも、「幼夢山人」の様な人々に味方する人の心は同じであるようだ。

土佐の坂本竜馬や多くの脱藩者をも含めて、この四国の地とは、いささか厳しい日本の政治に対して、心の何処かで逆らう面を持っていた土地柄なのかも知れない。山内一族の最後の殿様、容堂などは、日本津津浦浦の、まともに口を開けない弱い大名たちの中ではっきりと、徳川幕府最後の将軍慶喜に向かって大政奉還論を唱えたのである。事実、容堂のこの自信のある言葉によって、幕府は倒れ、天皇制の日本帝国が生まれたのである。何とも、「お上」に弱い関八州の人間には想像も出来ないような四国の元気な人間の行動力を、こんな所にも見せつけられる。関東生まれの私でさえ、四国の人間の、自分を主張して止まない態度を美しいものとして理解するだけの心はある。私は息子たちを育てながら、半世紀近く東北に住んでいたが、やはり東北の人々の心の中にも反政府的な大きな心が宿っていたし、今でも宿っている事を私はよく知っている。

二十五　文化の町―宇和町（4）

宇和町は文化の里と言われているが、それは同時に学校の町であることも意味している。「申義堂」という私塾が作られる時は、町の住民たちが自発的に物質と金銭両面で手を貸した。明治二年という、未だ江戸時代の名残りが漂っていた頃であった。「開明学校」という外国風に様々なヨーロッパの様式を取り入れたこの小学校ができる時は、やはり私塾申義堂の時と同様に住民たちは色々な協力において、力を惜しむことはなかった。明治十五年日本で最初の小学校がこのように造られた時、これからの若者の間に何か新しい気風が生まれ、そこから巣立つ大物の出ることを疑う人々はほとんどいなかった。

「先人は未来を照らすみちしるべ」

宇和町の先哲記念館を訪れた時、そこで戴いたパンフレットにはこの町の誰が書いたか、この町の明日を担う若者を夢見てか、このような素晴らしい言葉が書いてあった。それだけではない、この同じパンフレットの最初の頁には、

「多くの偉業を残した先哲を顕彰し、その心を学び次代の文化の礎としたい」

とも書いてある。

私塾の創設者であった上甲宗平のことは、今なお郷土教育の先人として人々は決して忘れてはいないようだ。そして更に左氏珠山は、この宇和の町に多くの学問に熱心な若者や子供の輩出する事を願って、まるで灯台のない処に大きな灯台を作り、船乗りたちを安心させるような仕事をした。文政十二年という江戸時代の終わり頃に生まれ、明治の二十九年に没した彼がその豊かな人生の中で見ていた夢は、今日の私たちが見ている夢と何処か似ていはしまいか。口髭も顎鬚も実に豊かであり、晩年の彼の白髪の姿は、誰にも負けない大きな夢を抱いた一人の宇和の先哲のそれであった。同じく山内庄五郎は実に自由闊達な考えを生み出した数学者であり、彼によって教えられた当時の若者も多くいたことだろう。

そんな中に、長崎のシーボルトの門弟となり、医学の道に進んだ二宮敬作がいる。高野長英は岩手生まれで余りにも優れた頭脳故に、その考える事も夢多いものであった所為か、保守的な当時の幕府のお偉方には睨まれ、日本中を逃げて回らなければならないほどだった。シーボルトから西洋式に〝ドクトル高野〟と呼ばれていたほど頭の良かった長英をこの宇和町に呼び寄せて匿ったのも二宮敬作であった。二宮敬作は決して人前に出て騒ぎたてるような人物ではなく、それでいて高野長英などと一緒にシーボルトの下で学び、深い近代思想を身に付けていた。今でも彼はこの宇和町にいる。開明学校の脇に敬作は墓となって眠っている。敬作が長英を匿った中町の小さな隠れ家や、その傍らにある石碑で分かるように、その隣りには敬作も住んでいたようだ。高野長英が自分の別の名を驚夢山人などとしていたように、彼らはその当時、日本では考えもつかなかったような大きな明日への夢を持って、役人に追われながら苦難の生き方をした。

又この町には明治二十一年に生まれ、昭和十七年に亡くなった清水伴三郎という人物もいた。彼の事については、この宇和町の人々の様にはよくは知らないが、ただ何となく彼の熱い心は私にも分かるのである。伴三郎は、義と愛に生き抜いた人間としてはかなり大器であったらしい。

上甲平谷はこの町が産んだ素晴らしい俳人の一人であり、彼が生き方の中で示した求道心は、この町の若者たちに、今日、影響を与えていないとは私は思いたくない。

シーボルトの娘であった「いね」は、数年の間この町の二宮敬作の下で医学の勉強に励んだ。彼女は蘭方医学で日本初の女医となった。それだけではなく、女性解放の運動の一方の旗頭として立ち上がってもいる。彼女はこの宇和町の人間ではないが、このような新しい日本の明日を見ながら生きていたこの町の人々の脇に並べられても決して遜色のない存在であった。

この他、養蚕や農業関係の指導者や、政治家や外交官として、又、書家等で活躍した人々も数多くいたが、その事をあえてここに書こうとは思わない。政治や外交に携わる人々はその時代時代の中で変わっていくからである。まるで北極星の様に、どんな時代においても変わることのない真理に生きた人々を私は取り上げたいと思った。

二十六　文化の町―宇和町（5）

　宇和町は江戸時代の頃「卯之町」と呼ばれていたが、今では卯之町は宇和町の中の〃大字《おおあざ》〃でしかない。宇和島藩の重要な穀倉地帯としてこの辺りの農民は決して貧しい生き方をしてはいなかったようだ。宇和島街道のかなり重要な宿場町として、旅人の往来も盛んであったようだ。宇和町を通っている旧街道は、宇和島街道と呼ばれていた。古い町並みが何処までも続き、最後には内子町に繋がっていた。そこには明治の町並みの姿が今でも残っていて、中町《なかんちょう》と呼ばれているのである。昔からの旅篭《はたご》や商家も残されており、いわゆる江戸時代の「卯之町」の中心地がここなのである。二宮敬作の家もこの辺りにあり、敬作は「シーボルト事件」に連座し、長崎を追われ、八幡浜の港に着き、そこから結局故郷に近い卯之町に戻って来た。そして天保四年のころ宇和島藩主、伊達宗紀の命令で、卯之町に漢方医を開業したのである。恩師シーボルトの娘である「いね」をひきとり、医学の道に導いたのもこの頃であり、宇和島に隠遁《いんとん》中の高野長英を幕吏《ばくり》の手から守り、先に「いね」が使っていた離れ屋に匿うという手助けをしたのも彼であった。これらから考えられることは、文化の光の射す宇和町を宇和町らしく整えて行ったのにも、二宮敬作は大いに力を貸している。又宇和島の八代藩主、伊達宗城は結構新しい時代に向かう江戸時代の日本を夢みた、心の大きな人物だったようだ。例えば「蛮社の獄」で入獄した、多くの新しい時代に向かう若者や知識人に対して、彼は内心、心を痛めていた。同じ知識人であり、江戸で脱獄した高野長英は、外国通であった二宮敬作の招きで敬作のいる卯之町にやって来たと言われているが、宇和島の藩主はじめ、心ある武士たちは喜んで高野長英を匿ったことが分かる。

江戸にいた頃長英は、「蛮社の獄」で入牢していたが、やがて牢獄が火事となり、彼は逃亡することになった。宇和島藩の家老松根図書は長英の教えていた弟子の一人であり、幕府の与力をしていた内田弥太郎と密かに接触を持ち、長英が未だ江戸に潜伏中であることを知らされた。松根図書が前々から長英の碩学《せきがく》であることを知り、深い関心を持っていたので、内田弥太郎の家で長英と逢うことになった。二人の間には、日本の未来について色々な意味で意見が合い、感動し合う所があった。家老松根図書は早速この長英との出逢いを感動をもって藩主伊達宗城に伝えた。その出逢いは西郷隆盛と、長州系の公卿、即ち三条実美を中心とした五卿を逢わせ、薩長同盟に手を貸した坂本竜馬の行動にも何処か似ている。家老が家老なら、藩主も藩主だった。明日の明るい日本を考えていることにおいては二人とも相通じるものがあった。伊達宗城は、何のこだわりもなく長英を宇和島に招くことになった。勿論長英に異論がある訳ではなく、彼は伊東瑞渓という変名で、もう一人の家老、桜田佐渡の別邸に身を隠すことになった。宇和島藩の侍たちの願いでもあったのであろうか、卯之町にしばらく住み着いた長英は、医学や蘭学を地元の若者たちにも教えたかもしれない。こういう江戸時代の終わり頃、既に世界の高い教養を若者に教えていたその中心は、この卯之町であった。今でも宇和町の深い文化の中心地として、卯之町の中心地、中町が語られている。明治の初め頃小学校や私塾が中町に出来たが、そのために宇和島藩主以下、侍たちも商人たちも卯之町の人々も、心を合わせて出せるだけの金や物を出したと言われている。単にこの辺りの、四国でも有名な穀倉地帯と言われていたからといって、それで人々は金や物を調達したのではない。彼らの心の中には、「蛮社の獄」で囚われの身となり、偶然にも脱獄出来た高野長英のような知識人が、この卯之町の、又は宇和島の人々の心に、学問に対する熱い思いを与えたのではないか。穀倉地帯で米を作ることも、商売をして金を儲けることも、単なる侍としてその生き方を人の前で誇り、威張ってみても、それだけでは人生が儚いものだとこの辺りの人々は考えていたのであろう。何がなくとも、学問が身に付いていれば人生万事は上手くいくと町の人々は考えていたのかもしれない。彼らは時として一揆を起こし、彼らが大嫌いな「お上」に反対もしたが、その為に庄屋や他の村の指導者たちは捕らわれそうになると、大先生高野長英の過去の事実を思い出していた。長英が逃亡中に彼の為に潜伏する家を提供したのも卯之町の人々であり、上からの命令で彼を捕まえる立場にいる宇和島藩の武士たちも、心の何処かではこの長英を尊敬し、見て見ぬふりをしていたのではないか。この事実を知っていた一揆の指導者たちは、一旦「お上」の手から逃れるためには、長英も助けを借りたという「不入りの間」に身を寄せた。「不入りの間」というのはちょっと板壁を引き外すと、その中に奥の間が現われ、便所の壁を外すと直に裏庭に逃げ出せるようになっていた。又「床の間」の床板を外せば、そこには折り畳み式の梯子で階下に出られる様になっていた。私もこういう卯之町の部屋を見せて貰ったが、梯子で階下に下りられる辺りからは、外の様子が窺え、追っ手が居るか居ないかよく分かったのである。

何処にでもある田舎の小さな町は、いつも半ば眠り惚けている。だがこの卯之町は常に目をしっかりと覚まし、事に応じて飛び出す事も、素早く隠れることもできる子供の様な元気な町に私には見えた。いつの時代でも子供は一日中走り回り、眠くなると玄関先でも座ぶとんの上にでも、コロリと寝てしまう。活き活きとした町というものは、都会から遠く離れていても実に美しいものだ。一日中走り回り、眠くなれば何処にでも倒れて寝てしまうあの子供の心が、何とも大切だ。

そんな美しいものを、私は卯之町の中町を妻と一緒に二つの人力車に乗り、深く体験したのである。高野長英を心から助けた二宮敬作の住居跡の碑や彼の墓石を、開明学校の脇に人力車の上から見た時感動深かった。

この卯之町などを含めて、周囲の元気な町や村を治めていたのが宇和島藩であった。現在の新潟には闘牛の村があって、そこでは多くの美しい鯉の生産と共に、日本中のあちこちから闘牛愛好家を招いているという。だが宇和島藩の人々の学問好きと並んでこの地方の闘牛は、新潟のそれを凌ぐくらい盛んだった。太平洋の大きなうねりの中で生まれ育ったせいか、宇和島の闘牛熱はそこの人々の熱い思いにまで広がっている。それが単にこの宇和島藩だけではあるまいが、良い牛を得るための手段としての、見せ場としての闘牛ではなく、人々の心の中の誇りや自信を示すために、この地方の人々は闘牛たちに自分たちの心を半ば置換えているようだ。その昔、力士は大名のお抱えであり、殿様の勢いを示すための人形のような存在であったと言われている。同じことは宇和島の闘牛についても言い得たのではないか。潮風の中で逞しい四国の人々は、そう簡単に喧嘩をする訳にはいかないので、自分の心を闘牛に託し、牛たちの戦いの中で自分を戦わせたのではないだろうか。やはり四国は、強い男の国だった。土佐の侍だけに限らず、四国の侍たちは、何処までも潔《いさぎよ》かったように私は思う。

二十七　八幡浜

松山から南下する予讃線沿いに暫く進むと、伊予長浜で予讃線は左の方に曲がっていく。大洲市や宇和島の方に向かって行くのである。だが私たちは何処までも海岸沿いに南に下がる。佐田岬半島は結構長く、九州の大分の方の人家が見えるくらいまで続いている。人口僅か三万余の八幡浜市は佐田岬半島のつけ根の町である。通りは結構奇麗なビルや店に囲まれているのだが、人の姿は余り見られず、何処となく静かな処であった。私は四国の松山に来た時、頭の中にはどうしてもこの小さな町、八幡浜にも寄りたい気持ちが働いていた。

私がまだ小学生の頃だったと思う。褌《ふんどし》姿で凧だか飛行機だか分からぬものにぶら下がって青い空に浮かんでいる二宮忠八の姿を描いた絵を、何かの歴史書の中で、軽い気持ちで見たことがある。忠八が飛行機の様なものにぶら下がって飛んでいる空の下には、幾重にも重なっている人家の甍《いらか》が見えていた。当時の私はこのような絵を描くのは、自らも夢に生き、九十才になっても未だ〝画学生〟にならなくてはと頑張っていた北斎、又はそれに近いような絵描きではないかと思っていた。だから、描かれたこの不思議な褌姿の忠八の下に見えた人家は、全て江戸の風景だと思っていた。しかし後になってよくよく調べてみれば、二宮忠八は、日本最初の航空機の原理を発明し、それを空に飛ばした明治初期の科学者であることが分かった。私は関東で生まれ、関東で育った人間である。彼が四国の愛媛のこの八幡浜に生まれた夢多い男であった事を知ってから、いつかはこの八幡浜を訪ねて見たいと考えていた。

人間、いつの時代でも、何処に生まれ何処に育ち、何処で学んだということなどは、その人の一生、又は生きる事に関して何ら問題ではない。生まれた国が何処であれ、生まれ育った所の言語が何であれ、生きていた時代の思想の流れがなんであれ、それはその人間の生き方に些かの変化も与えない。四国であろうと、九州であろうと、北海道であろうと、それは問題ではない。東京や大阪のような大都会に生きようと、地方の小さな村や町に生きようと、その事は余り問題ではない。こういった事を気にしたり考えるのは、幼い内だけであり、まだ人間が形としては成長しきれない若者のうちだけだ。「飛行機のひの字」も知らなかった人々の住んでいた四国のこの八幡浜に、二宮忠八のような変わり者が生まれたことに私は感動するのである。

南米の小さな町のカトリック教会の若い神父が、自分の作った飛行機で僅かな時間であったが空を飛んだのは、明治二十年の頃であった。明治二十四年の春、南米のこの男に負けてはならないとばかりに、アメリカ合衆国のライト兄弟は、間違いなく自分たちの作った飛行機で僅かな時間、空を飛んだ。

このライト兄弟や南米の若い神父などよりはずっと早く二宮忠八は飛行機の模型を作り、飛行の原理などを追求して、いつかは大空に舞う飛行機を飛ばそうと考えていた。ライト兄弟が飛行機を飛ばしたニュースを知った彼は、一日中男泣きをしながら、先を越された事を悲しんだという。その時以来、彼は一人で飛行機を作って飛ばそうとすることに関して全く無口な男になった。それからの長い彼の人生はこの地で過ごしたり、大阪や京都に出ていって過ごしたりもしている。

忠八が幼い日から空への夢を抱きながら過ごしていたこの八幡浜の地を、私は一度は見たいと思っていた。誰もがやらない事に対して大きな夢を持つということは、その人間が歴史上の中の本当のエリートであることを証明している。現代人の誰もがこういう意味ではエリートでなくてはいけないと思う。人間が生きるという事はこういう事なのだ。誰もが知っており、誰もが考えており、誰にでもできることをしているだけならば、それこそ本当の言葉の意味における凡俗と言わなくてはならない。

私は佐田岬の麓に広がる山また山の、この小さな漁港の在る八幡浜を歩きながら、夢に生きた忠八を思わずにはいられなかった。

二十八　二宮忠八（一）

忠八がこの八幡浜に生まれたのは、慶応二年という年であった。まだ幕末の匂いの中で日本中が燻《くすぶ》っていた頃である。その頃の八幡浜が、どの様な所であったかは知らないが、今とは違って山と海の間のずっと小さな町だったのではないだろうか。「生家の跡に行ってみますか」と友人に誘われたが、どういう訳だかその時私はその気にならず、そのまま八幡浜の図書館に行った。図書館で戴いた色々なパンフレットを家に帰ってからゆっくり読んでみると、そこには忠八の生まれた家の写真や、今でも残っている彼の生家跡の碑が写っていて、やはり忠八の生家跡をじっくりと観た方が良かったと後悔した。

彼の生地は八幡浜の矢野町であった。彼の父親はけっこう裕福な商人であった。海産物問屋が父の仕事であった。この家の四男として何一つ不自由のない生活の中で育った彼である。幼い頃から利口な子供であり、学校の成績も決して悪くはなかった。だが残念な事に兄の事業の失敗によってこれまで良かった彼の家は傾き出し、更に父の病死が重なり、十三才にして彼は学校を止めなければならなくなった。忠八は子守りや写真屋の助手をしたり、薬局をしている伯父の家に手伝いに行ったり、次々と仕事を変え、雑貨屋で働いたり、印刷所の文選工、更には測量士の助手などをしながら、科学や物理、薬学を少しずつ身に着けて行くようになった。やがて十六才になった頃忠八は、自分の考え出した「忠八凧」を作って売り出した。実際彼の十六才頃に作った凧が、図書館のかなり大きな忠八記念館として広がっていた一角に、幾つか展示されていた。私はこの凧を観た時、色々な色で鮮やかな形をした凧であったが、この凧は単なる江戸時代まで、そして現代の今日まで伝えられている、いわゆる日本の凧という感じはしなかった。確かに凧として子供たちが楽しく遊べるような一面がない訳ではなかったが、忠八は既にあの頃商人たちの心動かす、今のテレビのコマーシャルのようなものを考えていたらしく、上空からいわゆる「チラシ」をばら撒く装置をこの凧に付けていた。町の商人たちの中にはこの凧を求める人もかなりいた。この頃、遊びと同様に学問好きの忠八は、夜になると国語や漢文の勉強を三瀬万年に習い、南画を野田青石について学んだ。彼の少年時代は父の居た豊かな楽しい時代でもあったし、同時に家業の海産物問屋がつぶれたりして色々な仕事に就き、とても辛い時代でもあった。この辛い時代が、忠八の中にあった何か新しいものを作り出そうとする大きな夢を芽生えさせたのであろう。

人間は誰でも人生の時間の中で、一、二度くらいは苦しい思いをしなければならない。人生のあらゆる時代の生き方の中で、何一つ心配する事がなく、ずっと平穏無事にやって来られた人間の方が数も少ないし、人間としての大きな事をやれる人は、そういう人たちの中には滅多にいない。アメリカの大統領の一人リンカーンは、貧しい農民の子であった。彼は一生の間に一日たりとも学校に行った日はなかった。アメリカ西部から出たジャクソン大統領は、小学校四年までしか行っていない。そんな逆境の中でこの二人の大統領は、自分たちにのしかかってくる人生の重荷を押しのけ、見事に人間としては大成している。二宮忠八が十三才の頃受けた人生の大きな問題は、やがて彼が今日の飛行機やジェット機の基になるような考えを作り出すのに大いに役立った事を私は決して忘れる訳にはいかない。人生は或る意味で色々な苦しみの時間の中で作られていくものだ。例えば、自分にはそんな苦しみがないとしたならば、敢えてそういう苦しみの時間を自分で作ってでも持とうではないか。若い頃の苦労は金を出しても体験しなければいけない。若者にこの事が分かればその後の人生は実に楽しいものだ。忠八のような人間が日本中のあちこちに出て欲しい。

二十九　二宮忠八（II）

明治二十年、二宮忠八は二十才になっていた。彼のあらゆるものに対する好奇心は相変わらず冷えることはなかった。彼は身体が小さかったため、軍隊に取られた時、歩兵部隊には入れなかったが、香川県の丸亀にあった第十二連隊の看護兵となった。それから二年後、彼は秋季機動演習に加わった。十一月のことだった。香川県の十郷村の「樅《もみ》の木峠」という所で弁当を食べていたが、その時彼の好奇心を大いに動かす事件が起こった。事件を起こした主は、他でもない烏の群れであった。兵士たちが食べ残した携帯食を狙い飛んで来た烏の群をみて、忠八の頭には、やがて人間によって作られるであろう人の乗れる飛行機の姿を想像したのである。当時すでに鳥の真似をして空を飛ぼうとした変った人間もあちこちにいて、彼らは羽を羽ばたかせることによって人間もやがて飛べるのではないかと考えていたようだ。しかし忠八はそれだけの夢では終らなかった。烏の飛来して来るのを見ながら、羽を止めたままでも彼らは飛ぶことができる事を知った。八幡浜の人々は、この羽を止めたまま滑空している烏の姿を見た忠八を、この小さな八幡浜の仙人と思ったかも知れない。一度餌を捜しに飛び降りて来る烏は、上下に羽を動かしていたが、いざ狙いを定めて兵隊たちが残した携帯食の周りに集まる時は、ぴたりと羽を止め、空中を滑るように舞い降りて来た。それから又飛び立つ時は、初め羽を大きく動かすが、直に動きを止めてからゆっくり滑空するように飛んで行くのである。このような鳥の習性を見ていた忠八にとっては、その時「滑空現象」というものを発見した瞬間なのであろう。仲間の兵隊たちは、ただ驚くようにこの光景を見ていた。

明治二十四年四月の終わり、忠八はあの鳥の習性からヒントを得て作った「カラス型模型飛行器」が果たして飛ぶかどうか丸亀練兵場で実験して見た。医者が使う聴診器のゴム管を細く切ったゴム動力を利用し、四枚羽根のプロペラを後尾につけたのが、この「カラス型模型飛行器」だった。この実験はおよそ十メートル飛び見事に成功した。ライト兄弟の有人飛行機の成功よりも十二年も前のことであった。次の年、忠八はその前の年に成功した小型カラス型模型飛行器とは違った、「玉虫型飛行器」という名の、人間騎乗の人力飛行機を試作した。「玉虫型飛行器」はその年に完成した。しかし忠八は丸亀連隊から松山連隊に勤務することになると、わざわざ「玉虫型飛行器」の機体を解体し、松山まで運んだのである。

明治二十七年、日清戦争が始まり、忠八は野戦病院付きの看護兵となるが、通信や偵察には飛行機が必要であることを痛感した。その年の八月十九日、忠八は上官を通して大島旅団長宛に、このような飛行機の必要性を説明する上申書を提出したのだが、残念ながらこれは旅団長の認める所とはならなかった。更に明治二十九年に至って、忠八は再び、陸軍には飛行機の必要な事や、専門家による研究と完成が絶対必要だと嘆願書を出した。旅団長大島将軍はそれに対してもいい返事はしなかった。忠八は既に三十一才になっていた。彼の心は悔しさで一杯だった。彼は軍隊がやってくれない飛行機完成のこの自分の夢を、どうしても自分の手でやり遂げたいと思った。

いつの時代でもそうだが、何かを成し遂げたいと思ってその志や夢に生きる人間は、何とかして何処かにその可能性を見つけるものだ。夢多い忠八が見た香川でのカラスの姿は、人の乗らない「カラス型模型飛行器」の実現となったが、やがてそれは人力飛行器の構想を練る事となり、やがては複葉の「玉虫型飛行器」又は最初の「人力飛行器」にまで展開していったのである。国が認めなくとも、旅団長が認めなくとも、軍隊が認めなくとも、忠八は何がなんでも人間が空を飛べる飛行機の時代を夢見ていたのである。

人間は誰も同じだ。大きな夢や志は、何らかの形で一人一人の人間の中に眠っている。忠八のような変わり者だけが、その眠れる大きな夢を目覚めさせることができる。私たちもその例に倣《なら》いたいものだ。

三十　二宮忠八（Ⅲ）

数回に亘り忠八は、軍部に飛行機のこれからの必要性を説いて上申書を彼の作った設計図と共に提出したが、その度に理解を得ることは出来ず、設計図も上申書も全て却下された。彼は日本の政府に、又軍部に「飛行機」を理解する心がない事を知って酷く失望した。この事だけに夢を追い求めていた彼だけに相当辛かったに違いない。彼は失望のあまり、軍籍を離れ、自らの手でこれを完成させるために資金を作らねばならないと考えた。大阪に出た彼は大日本製薬会社に入社した。彼は幼い日、伯父の家の薬屋で働いており、その方にも幾らかの知識もあった。そんな彼は大阪辺りの製薬界でも才能を発揮し、百数十種類の薬品の改良や開発に力を貸した。当然彼は大阪の実業界で他の第一人者たちと肩を並べるほどになった。忠八自身「大阪製薬会社」というのを設立し、社長となった。明治三十四年、自分の故郷と同じ名前の京都の八幡町に自宅を建て、大阪から移って行った。こうして彼は充分な資金も出来、八幡町では旧精米場を買い取り、石油発動機を動力にした飛行機の組み立てにまで成功した。

明治三十六年忠八は三十八才だった。その頃アメリカからのニュースによればライト兄弟が有人飛行実験に成功したと報じられた。忠八はその時、男泣きをして過ごしたと言われている。そして手にしたハンマーで、作り上げた有人飛行機を壊していった。夢多い人間とはこういうものだろう。自分の夢が誰よりも先に成功しなかった時の悲しみはどれほどのものであったか、それ以来彼の口からは飛行機の話は一切出なくなった。

大正四年に入ると、既に五十才になっていた彼はこれまでの航空機殉難者の霊を熱く慰めるために、彼らの霊を自分の家の中に祀った。

大正八年ライト兄弟が飛行機を飛ばして十数年後、かつて忠八の上申書を却下した大島将軍は、心から頭を下げ長い詫び状を忠八に書いた。忠八はどんなに嬉しかったことであろう。私は八幡浜の図書館で、将軍が書いたというこの詫び状を見て、一掬《いっきく》の涙を流さずにはいられなかった。

大正十四年忠八は六十才になっていた。丸亀連隊に入隊していた頃の若い彼が夢見たものが、一つの尊い碑となって、カラスの飛来から「滑空原理」のヒントを得た樅の木峠に建てられた。この年同時に逓信大臣より表彰状を貰った。同じく永らく願っていた「飛行神社」の工事も始まったのである。彼自身飛行機を夢見ながら生きて来た男である。航空機殉難者の霊を祀る事は自分の勤めであると彼は思っていたに違いない。大正の終りの年、故郷の八幡浜から歓迎祝賀の招きを受け、同じこの年、帝国飛行協会からは「有効賞」を貰う。

二十才になって忠八は丸亀の連隊に入隊し、やがてそこで「カラス型模型飛行器」の実験に成功したが、今でも四月二十九日には八幡浜で「忠八翁記念飛行大会」が行われ、「ゴム動力プロペラ機」や、「カラス型飛行器」、更には「パルサグライダー」、「親子紙飛行機」の四つに分けて競技が行われている。忠八の飛行実験に成功して百年目を迎えた平成三年には、実際には遂に飛ぶ事がなかった、「玉虫型飛行器」を復元し、この飛行器の実験を行ない、八幡浜で実際に地上から五十センチほどの浮上に成功したと言われている。

も松山でも、又、高知でも観られないが、高松空港には原寸大に復元された「玉虫型飛行器」が飾ってあるという。今度の四国旅行で私は高松空港を利用することはなかったので、この日本最初の飛行器を見ることはなかったが、それでも写真で見る限り、飛行機の飛ぶ明日を夢見ながら生きた二宮忠八の心は凄く分かるような気がした。忠八は正しくこの田舎町の英雄である前に、常に夢を忘れなかった希有《けう》の人物だったようだ。現代のこの文明社会において、私たちは彼が持っていた志の一部でも良い、自分の生き方の中に実行したいものである。こういう事を考えると、四国のこの小さな町、八幡浜がオーラでも射しているような希望の有る大きな町に見えて来る。

忠八の故郷、八幡浜の静かな町並みには、色々な忠八の記念碑が建っていたり、忠八を紹介する大きな看板が建っているという。彼の生まれた家の前の碑も、こういう彼が活き活きと生きた色々な場所も、今回私は見ることはしなかったが、図書館で見た、京都の八幡町の忠八の家を再現させたところや、様々な彼の作った飛行器の模型など充分見せて貰った。忠八に詫びながら書いた将軍の手紙など実によく私の心には響いても来た。八幡浜は、私の心の有る意味での故郷として今後いつまでも残るであろう。

三十一　港町—八幡浜

豊後水道にずっと突き出しているのが佐田岬である。この岬の付け根の所に在るのが、港町八幡浜なのである。国道の五十六号線を何処までも上り、峠を通って宇和町から行かれるのが宇和島である。予讃線は八幡浜を廻って宇和町に抜けるようになっている。保内町生まれの蘭方医、二宮敬作も若い頃シーボルトの下で蘭学を学ぼうとして、この八幡浜の港に向かった。そこから船で大分県の臼杵市に渡った。故郷四国からシーボルトのいる長崎に向かった敬作は、臼杵の大きな港に着いた時は、深い山々に囲まれた八幡浜の港町がどんなに恋しかった事か。やがて時が経ち、シーボルトの娘「いね」を教育するために四国に呼んだ時も、八幡浜の港町を通って宇和町に呼び寄せた。二人の出会いはどんなに嬉しいものであったろうか。父の教え子の一人、敬作を半ば父とも思い、何のこだわりもなく「いね」は安心した心で豊後水道を渡って四国に来たのである。宇和町の彼女の生活は、恐らくとても楽しいものであったろう。八幡浜の港には、本来ならば語らなければならない多くの人々のエピソードが有るようだ。

昭和の初め頃、伊方町生れのダダイズムの詩人、高橋新吉は、佐藤春夫や伊藤野枝の前夫であった辻潤と深い交わりをしていた。前衛詩人として当時の日本の政治の在り方や、その他の問題に深い不満を持っていた高橋新吉たちは、憤懣《ふんまん》やる方のない心の中の思いをどう処理してよいか分からないでいた。当然新吉はその思いを当時のヒッピーの心を持ったダダイストたちの方に向けた。しかしこのダダイズムにも完全に満足出来なかったこの詩人は、仏教精神に目を向けることとなる。決してダダイズムを否定していた彼ではないが、仏教のレベルにダダイズムの精神性を重ねていったのである。彼の中のニヒリスティックな思いはそのまま仏教的な諦観《ていかん》に結びつき、そこに彼の前衛詩人としての面影がはっきり残っていた。何処までいっても、どんな詩人でも彼らの心には詩人であるが故に、その時代の社会の流れに対して大きな不満があるのが常であった。この事は一茶や芭蕉や良寛たちの思いにもはっきりと見られる。この世の中を誰よりも自信を持って歩き通した彼ら詩人たちの詩の言葉には、人生の大きな喜びが詠われている一面、澱《おり》の様に溜まっているこの世に対する思いも、私たちにはよく分かる様に精神の色合いで、はっきり染めていった。佐田岬の根元に在るこの港町のことは、新吉にとってどの様に詠われていたか。今でも八幡浜高校には、このダダイスト、高橋新吉の詩碑が建っているという。私は二宮忠八の熱い心が謳われている八幡浜の多くの碑を見なかったのと同様、高橋新吉の詩碑なども見ないでこの町を通り過ぎてしまった。何かこの旅で失ったようなものを感じるのはそのためであろうか。二宮忠八と高橋新吉を並べてみると、何処かこの世的な忠八と、この世を半ば離れている新吉というダダイストの間には、微妙な開きが有る。私としては、力一杯人生を謳歌した忠八の方にどうしても心動かされてしまう。

幕末の英雄の一人、大村益次郎もこの八幡浜や宇和島に来ている。高野長英という碩学の徒を宇和島藩に紹介するためであったと言われている。この長英と、同級生であった二宮敬作も宇和島藩の藩主に認められ、準藩医としての待遇を受けた。彼は宇和町から何度となく宇和島まで通っていたが、その時、景勝地の法華津峠を越えたものだ。この辺りの美しい風景の中にも彼らは故郷の思いを感じていたのであろうか。

八幡浜辺りは本州から見れば本当に彼方に離れている山の中の小さな町であるが、そこには意外と私たちが別の形で知っている歴史上の人々が居たことに驚くのである。恐らくこの港町をじっくりと探索していくには、數ヶ月の時間が必要であろう。

三十二　天神の庄屋屋敷

松山を抜け、予讃線に沿って南の方に向かった時、辺りは未だ結構広い平野であり、私などが幼い日に暮していた関東平野の一部を思い出させてくれた。大洲の町を左に眺め、八幡浜や宇和町を過ぎた辺りから松山の友人が運転してくれた車は、徐々にくねくねと曲がった狭い山道を辿り始めたのである。未だ私たちは伊予の一角にいたのだが、もう少しすれば土佐に入る所まで来ていた。小さな車とさえ、すれ違う時は狭い道がこれほど曲がりくねっていると、なかなか通り難い。私など恐らくこんな山の中の狭い道を運転する事などそう簡単には出来ない様に思えた。松山の友人はいとも簡単にこのような狭い山道ですれ違うバスさえも避けながら、山の上へ、上へと登って行った。それまでは良かったのだが、もう一台バスが突然現われたところで、どの様に車を切り返しながらすれ違えるのかと私は一瞬ヒヤッと感じた。バスはいったん止まるとくねった道をゆっくりとバックさせ、私たちの車が何とか通り抜けられる所に上手い具合に停車してくれた。こういう山道を常に運転している彼らであれば、バスやトラックとすれ違う時はどちらかがバックすれば何とかすれ違えるような場所がある事をよく知っているらしい。益々山は上り坂となり、「惣川」という処で左の一層狭い道に私たちの車は入って行った。その辺りは車が二台通れないほど更に狭く、しかもくねってい た。車はやがて行き止まり、そこは「天神」と呼ばれている一角であった。確かにその奥に建っている家は江戸時代の名残りを留めている「旧惣川村天神」に在る「土居家」と呼ばれている庄屋の屋敷であった。今から数えてみると、二百年も前の文政十年、つまり江戸時代の後期に属する実に大きな、四国特有な生活様式と建築工法や骨組みを備えた堂々たる佇《たたず》まいであった。私たちはこの家の離れとなっている、明治の建築である部屋に泊めて貰うことになっていた。この離れは宿泊棟になっており、母屋とは違ってこんな山の中にありながら、京都の金閣寺に何処か一角が似ているのである。私たちはその二階の六畳間に通されたが、窓を開ければ下には手入れの行き届いた庭が見え、その傍らには俳句や川柳の集まり、又は茶会に用いられたという瀟洒な田舎作りの茶室も見えていた。私はこの離れに行く前に、実に大きな、恐らくは四国一とも言うべき母屋の方を見せて貰った。土間から部屋に上がる所には二人の大人でやっと手が回るような囲炉裏の火に燻んでいる黒々とした大黒柱があった。高さが十メートルもあり、この庄屋の家の中心にデンと構えているこの大黒柱は、この辺りの近くで切り出された巨大な一本の松の木そのものであった。二百年も前は鉋といったものがなく、大黒柱は全て手斧《ちょうな》で荒々しく削られていた。それを長い歴史の中で使用人によって磨かれたり、拭かれたものか、それはぴかぴかと黒光りしていた。私は土佐に通じるこの伊予の山の中に、このような建物が現在でもある事に驚いた。

ある地方の豪族たちは娘が産まれ、跡取りの息子が出来ない時には、屡々次のような手を使ったと言われている。人間修行のため、又は武者修行のために何処からともなくやって来て、こんな山の中の家に一夜の宿を頼む男もいたという。息子のいない家の主は喜んで彼をもてなし、その夜は年ごろの娘を「御種頂戴」と言って男の部屋に差し出したという話を聞いたことがある。やがて男が去り十年二十年の歳月が経ち、再び修行の旅の途中男が立ち寄ったりすると、十や二十の子供と一緒にいる母親の姿を見、深い感動とともに再会の喜びを持ったという。こういう山深い「天神」のような一角の豪農たちは、その辺りのつまらない男を娘の婿にするよりは、人間修行のために日本中を旅している男の種を貰うことの方が、庄屋の家を盛り立てていく上にはとても大切だったのかも知れない。

この土居家の中央に聳えている太い大黒柱や屋根の大きさを観ていると、そこに住んでいた人々の、子孫を残すための並々ならぬ努力の跡がよく見えて来る。「天神」のこの辺りから山々の間にみえる人家を思う時、「土居家」の様な豪農の、忘れてはならないその後の家の状態について、生半可な気持ちではいられなかったことだろう。この土居家の現代の当主は「惣川村」に、つまり最近「西予市」にこの家を譲ったそうだ。人はいなくとも、巨大な建物はこれから先も長い歴史の中で「西予市」の人々によって守られていくことであろう。昔、庄屋の主が娘を「御種頂戴」といって旅の途中の豪傑等に与えたのと、この家を守ろうとする土居家の心においては全く同じではないか。

私たちの育った関東には、他の地方の様に藩というものがほとんどなく、関八州と一言で呼ばれた関東平野のあちこちの町には、江戸から送られた高級官僚、即ち奉行が五年か十年滞在するだけで、農民たちとの繋がりには然程深い、又は良い関係がなかったようだ。それに反し、在る地方に封じられた藩主たちには農民たちを助けようとする心が有ったので、一揆などというものは僅かな例外を除いてほとんど見られなかった。しかしその関東にも、小さな藩が一つ二つなかった訳ではない。その一つに五千石足らずの喜連川藩というのがあった。そこを治めていたのは、大名というよりはむしろ、かなり格式の高い高級官僚並の人たちだった。恐らくは日本中で最も小さな藩がこの喜連川藩ではなかったか。考えてみれば、関東平野の一角に在ったこの小さな喜連川藩と、伊予の山奥の土居家等は同じような運命を何処かで持っていたのではないかと思う。私は今ここを訪ねる客と同様に、半ば金閣寺の模倣とも見紛うばかりの六畳の部屋に泊めて貰った。急な階段を降りて、庭先にずっと広がる廊下を渡り、トイレに一晩に五回も往復した。一度身体を悪くしてから夜のトイレ通いがかなり頻繁になった。朝方の五回目の時などは、昔の急な階段は一回で上り切ることはできず、途中で一度休まなければならない始末だった。この土居家の裏の方には天高く聳えている杉林が見えた。時代が変わり、和歌山の森の様にこの辺りの材木も、果たしてどのくらい建築の材料として役に立つのか、私たちは想像も出来ない。「土居家」の当主たちが、この家と屋敷を捨てて町に出たのにも、それなりの理由があったことだろう。初めて四国を訪れた私たちが、四国一のこういう二百年前の庄屋の家に泊れたということは、実に意味深いものであった。私自身、江戸時代の頃の全国行脚《あんぎゃ》、武者修行の旅人にも思えて来た。

Ⅱ

三十三　檮原《ゆすはら》街道

愛媛県の色々な市や町、村を通り抜けながら、伊予灘を右に見て、時には予讃線の線路を左に結構長い道程をドライヴして来た。宇和町辺りを過ぎると、段々と道幅は狭くなり、周りは鬱蒼《うっそう》とした森と変わり、少しずつ山の方に道は上がっていった。天神の、巨大な四国一の豪農の屋形を観たり、そこに一泊したりして、次の日も同じ道を上っていくと、その辺りは高知県との境となっている大野ヶ原が広がり、そこを進む山の道は大洲街道とか、最近では檮原街道と呼ばれている。その辺りには棚田の風景が見え、ちょっとばかり脇道に入ると、至る所にどうしてこんなに深い山奥にあるのだろうと思われる農家が次から次へと現われて来る。

こんな山の中の小さな道を通りながら、時にはこの檮原街道に出、又山の中の小道に身を隠すような旅をしたのが、幕末の終わり、大きく変わる日本を夢見、愛媛の方に向かった坂本竜馬であった。未だ雨が降っていた。私たちの車は檮原の小さな町並みに近づいて行った。今は平成の世だというのに、まるで江戸時代の終わり頃の様な幟《のぼり》が私たちを迎えてくれた。その大きな幟には何と書いてあったか今になっては私の記憶に残っていない。だがはっきりと覚えているのは、江戸時代が終わり、新しい日本の夜明けにやって来た青年竜馬を歓迎するような意味の言葉だったと思う。確かに江戸時代の苦しさや暗い生活の思い出の全てが無くなろうとして、この檮原町辺りにも黎明《れいめい》の空気が広がり始めていたのであろう。竜馬はまるで数万の兵士を従えた将軍の様に胸を大きく拡げ、これから間もなく変わろうとしている日本全国のためにこの辺りを自信を持って歩いたようだ。実際はたった一人、下級武士の身でありながら、高知藩を脱藩し、まるで警察に追われている犯人の様に歩いていたのだが、彼の心にも、もうすぐにやって来る日本の夜明けを意識した町の若者たちにも、はっきり、彼がたった一人の将軍である事が手に取るように分かったらしい。私たちがこの辺りを通った頃には、朝まだき天神辺りでは降っていた雨も小降りとなり、竜馬が逃げ隠れしながら左右の山の間を上ったり下りたりした小道にも小雨は降っていた。やがて檮原の千枚田が広々と下の方に見える辺りに来ると、そこには「道の駅」があった。まるで雲の上のような高い所にある大きな道の駅であった。そこでジュースを飲んだ後、私たちはこの檮原街道を幾つものトンネルを潜りながら進んだ。この道は段々と高い所に向かい、この辺りが「当別峠」と呼ばれているらしく、ここからしばらく山の中を進むと、その北の方にある不入山《いらずやま》の中腹から南に向かって結構長く流れている四万十川、又はこの辺りで渡川と呼ばれている処に車は下りて行く。私には、この辺りから山道を登り始め、逆に愛媛の方に向かった竜馬の姿が髣髴《ほうふつ》として浮かんで来た。やがては瀬戸内海を渡り、江戸から京都、長崎まで力の限り歩いたり、彼特有の元気な土佐弁でもって、人々に明日の日本の姿を教えたりした姿が、まるで昨日のことの様に見えて来る。

四国の四県に亘る山道は、全て若者にとって希望の道だったらしい。私はその一部を車で通りながら、時には遙か彼方に太平洋の広がりを見て、昔の若い夢多い人々の一生を思い出す体験さえ出来たのである。

三十四　四万十川

高知県の北部、東津野村に在る山、不入山《いらずやま》の深い山中に端を発する四万十川は、そこから南下し、幾つかの町や村を貫流し、途中から西に流れ、再び南下して中村市辺りで土佐湾に流れ込む。

高知の友人は檮原街道を愛媛県と高知県の県境を跨《また》ぎながら、強い雨も止み始めた頃、東に向かって車を進めた。途中、村の入り口にある看板には、竜馬が脱藩して瀬戸内海の方に抜けた道であることも説明されていた。この近くには「雲の上」の道の駅などが見られた。私たちはコーヒーやジュースを飲んで一休みした後、更に檮原街道を高知に向かって進んだ。山の上の道を走る車窓の右手には、時折太平洋が広々と見え隠れしていた。やがて友人は車を左の道に進めて行った。道の左側には後ろに向かって清流が流れていた。これこそが四万十川であった。ほとんど狭い流れとなって、石ころの間に湧き出ているように流れているのを私たちは目撃したのだが、そこがこの川の源流らしかった。近くには碑も建っており、四万十川の名のいわれも書かれた小さな水飲み場もあった。「四万」と「十」、即ちそのぐらい数多くの川が流れ込み、やがて「四万十川」という大きな流れになっていくと書かれていた。私たちはこの川の源流から出ている湧き水を、持っていたペットボトルに汲み、いま来た道を南下した。途中で車を止め、大きな橋桁に支えられた橋が在ったので、その事に関し高知の友人に尋ねると、「これはこの辺りで有名な沈下橋と呼ばれているもの」だと教えてくれた。夏の盛りなどはこの橋の上から子供たちが清流に飛び込んだりして遊ぶという。洪水の季節になると、源流の方からこの橋の上まで、木材と一緒に様々なものが押し流されて来るが、この沈下橋はそれらによって押し流されることのない様な上手い仕組みになっているようだ。数年前まで岩手の一関に住んでいた私は、町の郊外を流れる北上川にこの沈下橋に似たような左右に欄干の取り付けられていない橋が架かっていた事を覚えている。町の人々はこの橋を「もぐり橋」と呼んでいた。「沈下橋」も「もぐり橋」も四万十川と北上川の違いがあるだけで、こういった橋の持っている条件はほとんど同じであることが分かる。

四万十川は日本のどんな河川にも勝って、その流れの清い事を色々なところで聞いている。そんな訳か、鰻の蒲焼きにしても、四万十川の鰻を使えば、益々美味しいものが食べられると言われている。鮎も又この川の清流の中で育ったものは特別旨い筈だ。残念ながら私はこの川の鮎を口にしたことはこれまで一度もない。関西の小野の生まれである嫁の一人が、ある年の正月、私たちのために関西風な、又は兵庫風の雑煮を作ってくれたことがある。私のように関東で生まれ育ち、永らく東北にいたものにとっては、澄まし汁や野菜仕立ての雑煮しか知らなかったが、彼女は白味噌仕立てで、川に育った珍しい海苔、「青さのり」をふんだんに散らした雑煮を作ってくれた。友人が言うにはこの四万十川の河口に近いところでは、太平洋の水と、この川の清流が混じり合い、その辺りでこの種の「青さのり」が採れるということだった。地方地方によって違うのだろうが、この川の海苔、「青さのり」無しには、雑煮は食べられないという人々もいる。香川の方の有る地方では、餡この入った大福のような丸餅を入れなければ、雑煮ではないと思っている人々もいる事を考えれば、世の中は食文化や生まれや育ちの違いによって、食べ物の嗜好も、生き方のそれも様々に変わるのだが、それを理解し合って生きる所に人間の優しさも、又は相手から何かを学ぶ知恵も身に着くのではないか。

この河川の途中に何十と作られている沈下橋は、写真で見る限り、まるで芸術家の作品の様に、一つ一つ流れの上に作られている橋桁の形や橋の大きさが違っているようだ。源流から中村市の河口に流れ込むまで、四万十川の沈下橋は、そこを訪ねる旅人の心を慰める巨大な画廊のような一面も持っている。清らかなこの河川の流れということを前に言ったが、源流が流れ出る辺りは、何とも山深い一角であって、それを地元の人は「不入山」と呼んでいる。私の住んでいた一関には「磐井川」というのが町の中を貫流していたが、この川の源流も又、奥羽山脈の山深い一角に在った。どんな川でもその源流は実に不思議な山深い処にある。川の流れのあちこちは、夫々の顔を持っているが、どの川の場合も、その源流はまるで一人の仙人や隠者の風格を、そこを訪ねる私たちに見せてくれる。何か人生の奥義を知っている異人の様に、川の源流にはそう簡単に人間や生き物を寄せつけない風格も同時に有る。一関の奥に入ると磐井川は奥羽山脈の中で「産土川《うぶすながわ》」となり、釣人たちはヤマメなどを釣って楽しむのである。今度四国を訪ねたらこの四万十川の下流の方の清流にも身を置いてみたい。

大阪辺りの漁民たちの多くは、家康が江戸に出府した時、江戸に出て来るように勧められた。その頃は未だ武蔵野の中の寒村であった江戸の人々の間には、江戸湾で魚を獲る漁法はさほど発達していなかった。大阪から出て来た漁民たちはほとんど「佃島」という一角に住むようになり、江戸湾で獲れる小魚で佃煮を作った。その名前、「佃」は今でも日本人の食文化の中ではっきり使われている。

「四万十屋」というのが土佐の中村市に在り、そこでは東京の佃島に在る店の様に「ごり」を佃煮にしたものを売っている。四万十屋という屋号の傍らには「川とのやりとり」という言葉がつけ加えられている。高知の友人が帰りがけに手渡してくれたこの四万十屋の「ごりの佃煮」を私は東海地方に戻ってから食事の度に味わった。関東で育った幼い頃、色々な川魚の佃煮を口にしていた私だが、やはりこの四万十川の「ごりの佃煮」は、そのころの私の中の幼い日の体験を甦らせてくれた。川魚の佃煮などは、今後段々少なくなり、そのうち子供たちは嫌がって食べなくなるかも知れない。身体のためにこんなに美味しく栄養があると思っているのは私たち世代の心の郷愁だけであろうか。

三十五　新・土佐日記

愛媛県から山又山の中に、伐採しなければどうしようもないほどの森が連なっている。そして高知県に向かって山道は続いていた。曲がりくねった山道の中には、何ヶ所か坂本竜馬が脱藩して四国を離れるために通ったという、獣道のような処にも出逢った。彼の山越えの旅は単なる物見遊山の、のんびりしたものではなかった事が窺える。土佐から伊予に通じている大きな道を避けながら、苦しい旅をしたらしい。私たちは雨が降ったり止んだりする山越えの道を曲がりくねりながら東進して須崎市に向かい、そこから更に中村街道と呼ばれている道を通りながら土佐市を素通りした。そこにはもう少し先まで行けば土佐湾に流れ込む仁淀川が広がっていた。更に少し進み、仁淀川に沿って左に曲がると、そこにある町の名は伊野であった。辺りがすっかり砂浜のように小石で広がっている仁淀川はそれほど長い川ではなく、そこから上流に幾つかの町や村を遡《さかのぼ》っていくと、源流はかなり近い所にあるようだ。四国の他の川と比較するなら、この仁淀川は本当に短い河川といわなければならない。

この伊予から土佐に至る山深い道を雨にも拘らず車で移動してくれたのは、

高知市の近くに住んでいる友人であった。彼がこの伊野町に案内してくれたのは、この土地が四国でも有名な「土佐和紙」の生産地であったからであり、私たちに土佐和紙の工芸館で紙漉きの体験をさせてくれるためであった。最近のこの辺りの観光案内や民謡の中には、「土佐の名物　サンゴに鯨　紙に生糸にカツオ節」というのがある。土佐一帯はその昔からそこに住む元気な人々によって、四国の文化の一端を担っていたのではないか。四国も又日本の他の地方と同じく、昔から和紙を生産していたようだ。私は伊予の絣と並んで伊予の和紙のことも聞いてはいる。私たちは夫々八枚ほどの葉書作りに挑戦し、それが乾くまでの四十分ほどの待ち時間の間に、窓の外に見える仁淀川で獲れた鮎の塩焼きで昼食をとった。

何処の国でも文明が発達する段階において、人々が求めるものは、紙漉きの技術であった。西洋人たちはパピルスを漉いてそれなりの紙を作っており、ラテン語もギリシャ語もこういった紙とその地方のインクが生まれなければ、文字も残すことが出来ず、歴史の言葉を伝える事も不可能だったことだろう。紙の発達こそ良くとも悪くとも人間の歴史を現代に残すことが出来た。日本列島のみを考えても、東北の阿武隈川流域には、千年も前に当時の知識人たちに知られていた和紙が作られていた。当時の文化の中心地でも、この阿武隈和紙は数多く使われており、清少納言や他の文化豊かな知識人たちによって、これが用いられていた事がよく伝えられている。あの頃の時代には既に一般庶民であっても、和紙なしの生活は考えられなかったであろう。行灯でも、障子でも襖でも、そこで使われていたのは和紙であった。自然の材料をそのまま生かし、日本というこの風土の中で、あらゆる人間の手による技術を駆使し、暮しのあらゆる面で必要な固有の和紙を作って行ったのだろう。この和紙も明治に入ると西洋紙の前で段々と利用される範囲が少なくなったが、ごく最近になって、和紙はもう一度日本人の心を魅了するまでに回復して来ている。西洋紙によって作られている現代の書物は、百年も経たずして虫などに喰われ、忽ちほころびていくことが、証明されている。つまり和紙と深く関わって暮していかれる日本人の一面が、理解される所まで来たようだ。

四国の和紙も又、「土佐和紙」としてこの伊野町辺りに発達したのがいつ頃であるか、私は定かに知ることは出来ない。

今から遡って千年程前、平安初期の知識人であり、歌詠みの紀貫之も多くの書を次から次へと認《したた》めている。彼は三十六歌仙に名を連ねている一人でもある。九百五年には勅撰集撰進の詔《みことのり》を受け、紀友則等と共に「古今和歌集」二十巻を編纂した。更に「かな序」として書かれた作品は日本文学又は日本文化史の中で深い意味を持つ歌論と人々に読まれている。九百三十年頃、土佐の守《かみ》として四国に遣わされた紀貫之は、任地での五年の生活を経て帰国したのである。この五年の間に男言葉としての漢字を捨て、女言葉である「かな文字」で『土佐日記』一篇を書き残している。彼の土佐から戻る長い旅の間に書かれた船上でのこの文章は、日本文学のその後の発達の中で、忘れることが出来ないほどの力を持っている。彼の古今和歌集風の日本文学のその後の歴史の中で、大いに理解されることとなった。この紀貫之の女言葉を書き連ねるのに、伊野の和紙が使われたことは、当時の知識人である女性たちに阿武隈川の和紙が使われたことと同様に、深い意味を持っていたようだ。

南欧の学者モンタナスは十七世紀以前に既に世界地図を著している。勿論この小さな東洋の国、日本についても様々に描き著している。九州の事を「ブンゴ」（豊後の国）として説明し、四国の事を「トサ」（土佐の国）として説明している。この土佐はその頃から既にヨーロッパの船乗りたちによく知られていた。高知の海岸の一つである、浦戸は土佐の代表的なというよりは、西洋人にとっては四国の代表的な港であったらしい。一五九六年にサン・フェリペ号がこの港に漂着し、この事件のお蔭でヨーロッパの人々にも、広く知られるようになった。しかし徳川幕府の鎖国政策が打ち出されてからは、外国の人々の間からもこの港の名前が少しずつ消えて行った。紀貫之の『土佐日記』は平安朝文学の中でも、特筆すべき内容を持っていたが、そこにも又この浦戸は何度もはっきりと記述されている。承平四年、即ち九百三十四年土佐国府を出発した紀貫之は、その年の十二月二十七日の日記に、「大津より浦戸を目指して船を進め」、次の二十八日には「浦戸より船出して、大湊に着く」と書かれている。この『土佐日記』から推考された『土佐日記地理弁の古代の図』などを開けてみると、その頃の浦戸は今日の浦戸とは位置がずれていたようだ。今の海岸筋とは違ってだいぶ奥の方に入り込んでいて、大津、中津、小津等に港が存在していたようだ。今日、高知の市街地になっている比島や田辺島、葛島、洞ヶ島等は、その名の通り海の上に浮かんでいた島だった。定応二年という年に作られた「回船大法」等には、浦戸が四国でも重要な港の役目をしていた事が読み取れる。室町時代に至ると、国内や海外の貿易船の避難場所としての役割を持っていた。今日の坂本竜馬の銅像で知られている観光地、桂浜も時代が遡ってみれば、地形的に政治的に今とは随分と変っていたようだ。紀貫之もこの辺を通りながら女文字の日記を毎日つけ、京都に戻った事を思えば、時代の変化というものの歴史的な大きさを考えない訳にはいかない。

ほんの四、五時間しか滞在しなかった仁淀川の畔の伊野町の体験は、私に、ある意味での人間文化の歴史を見る目を大きく開いてくれた。又石鎚山の近くから遥か南の土佐湾に流れ込む豊かな清流は、吉野川が持つ四国の雄大さや、四万十川の複雑な流れを見せてはいないが、本州の何処の川にも見られない清らかさを見せている。現代の私たちの言語行動によって実に美しく説明される風土の一面こそ、紀行文などでは大いに利用されなくてはならない。

平安の昔、この伊野町辺りも、東北の阿武隈川の流域も、いま私が住んでいる岐阜の「美濃紙」の産地も、既に日本文化の故郷として栄えていたのであろう。

四国遍路を一つの心の中の風景として、私は言葉の中で捉えたのである。

三十六　逆打ち

今度の四国旅行は、関東育ちであり、長い間東北に過ごした私には、あらゆる意味で内容深いものであった。四国巡礼という旅は日本人にとって心の故郷を訪ねる旅のようなものである。徳島県の霊山寺は「竺和山霊山寺」が正しい呼び方であって、これが四国に辿り着いた巡礼者の最初の札所である。此処から長い旅が待っていて、八十八番目の札所である大窪寺、正しくは「医王山大窪寺」に辿り着いて初めて善男善女の四国霊場巡わりの旅が終るのである。四国三郎と呼ばれている吉野川や、四国一の霊峰と言われている石鎚山などは、今回の私たちの四国旅行の予定には入っていなかった。しかし関東には坂東太郎というあの利根川が流れているが、それにも負けない流れの川が四国に有るということは、私の四国訪問に大きな期待を持たせてくれた。鳴門海峡の渦潮なども観ることはなかった。讃岐や阿波の山道を辿る事もなかったが、雨の中の伊予から土佐までの山道は、じっくりと眺めて来た。

東海地方に移ってから私は未だ日も浅いので、世界遺産に登録された「熊野古道」などにも行ってはいない。しかし愛媛から高知に抜けるあの山道も、けっこう古道の一つであろうと私は思った。雨が降り、その中に青々と茂っている古い樹木を見ていると、そこを通り抜けて広い日本の各地に脱藩して行った坂本竜馬の足跡を追うだけで、そこがもう一つの古道として私の中に焼きついている。四国の地の多くの若者たちも又、竜馬の様に明日の日本に対する大きな希望を持って、四国巡礼の人々がこの国に渡って来るのとは逆に、四国から瀬戸内海を渡って本州の各地に散って行ったと思われる。

本州の人間には全く想像もつかない話を四国の人は私たちに教えてくれる。四国巡礼の善男善女でさえ、恐らくよくは知らないであろう話が数々ある。その話の中の一つをここでしよう。

四国の友人の一人は「逆打ち」という話を聞かせてくれた。多くの人たちが四国八十八ヶ所の札所巡りを相当な時間をかけてするようであるが、「逆打ち」という札所巡りは、八十八番札所から廻り始め、最後は一番札所に戻って来る事を言うのだそうだ。「逆打ち」というこの札所巡りをすると、不思議にも死者が甦るという事を昔の人は信じていたようだ。これを単なる迷信と言っていいだろうか。とにかく驚くほど山深い夫々の札所を廻って一番札所に戻るということは、生易しい心でできるものではないと思う。そういう艱難辛苦をして札所巡りをした人々には、愛するものの甦りが与えられても決して不思議ではないと、私などは思いたい。他の地方から訪ねて来て四国に入り、そこで素直に八十八ヶ所の札所巡りを、その通りする事自体も又生易しいものではない。人生は全て苦しみの多い時間の流れである。その事を四国の札所巡りは象徴的に教えている。人間はあらゆる苦しみの中で生きながら、そこに幸せを求めなくてはいけない。こう考えて来ると、四国そのものが一つの霊峰、又は大きな吉野川即ち四国三郎に見えて来て仕方がないのはこの私だけであろうか。「四国」を「死国」と呼ぶ人もいるそうだが、「逆打ち」の四国札所巡りをする人たちは、この「死国」を「生国」にすることができる人々であろう。又愛するものを亡くした人が、その人をもう一度自分の所に返して貰いたいと切実に考え、思いついた願い事ではあるまいか。確かに昔は佐渡ヶ島や鬼界ヶ島同様に、四国は、罪人や本当の宗教人たちが流された場所だったかも知れないが、この四国に偉い坊さんが現われると、八十八ヶ所の札所巡りの土地となったり、「逆打ち」という、死人が甦るという話までが生まれる良い所となった。よほど関東や東北辺りよりは、人間を素晴らしくする何かが生まれる処として、私はこの四国を考えている。

世の中は時代の流れの中でとても便利になり、人々の来世に関する考えも又、だいぶ変わってきたようだ。同じ四国巡礼の旅も、最近ではタクシーに乗ったり、バスに乗ったり、中にはヘリコプター会社に結構高い金を払って一日ぐらいで霊場巡りをしてしまう人たちも居るらしい。だが、「逆打ち」の様な真剣な心を持つ人々には、逆なでをするようなこういう観光会社の思惑は果たして良いものであろうか。何日もかかり、身体も衰えさせながら、八十八ヶ所巡りを弘法大師と一緒の「同行二人」の気持ちでする巡礼者こそ、本当の「四国巡礼」の意味があると思う。

雪のアルプスを越えてローマの本山を訪れる昔のヨーロッパの人々の心も又、もう一つの、キリストと一緒に歩く「同行二人」の旅だったのではあるまいか。画家ルオーは、沢山のキリストの油絵を描いているが、その中の一つ、キリストと同行している弟子たちの月の夜の風景画を眺めると、四国巡礼の人々の心が解るような気がする。人間は世界中何処に行っても、自分に与えられた短い八十年ほどの人生を嘆き、そのためにどうしても四国巡礼のような旅をしたくなるのであろう。

今度の四国旅行は松山から高知に向かう道筋であって、一人の巡礼者としての私にとって「逆打ち」参りだったようだ。とにかく「逆打ち」参りが物事の甦りをもたらすということならば、それはそれでとても良い事であるような気がする。私たちが「逆打ち」に進んでいる時、何人かの巡礼者たちが私たちの車の脇を通り過ぎた。彼らは一番札所からこのようにずっと歩き通しているのだろう。彼らに幸せが有れば良いと願っている。

三十七　味覚豊かな四国

松山から伊予市を通り、長浜町や八幡浜市の方に車で抜けていくと、南の方は太平洋にまで繋がっている四国の穏やかな海岸筋であるが、この辺の道を何処でもよい、左に入ると山の傾斜には鬱蒼として常緑樹が連なっている。それらはほとんど柑橘類の森であり、窓の外には色んな種類の蜜柑が見えるが、かなり遠方のせいか、その種類が分からず、例えその柑橘類の名前を知っていても、遠目に見たその蜜柑の大きさが分からぬ以上、どんな種類なのかもわからない。もっとも地元の人にはそこに何の種類の柑橘類が生っているのか、長い歴史の理解の上でものを見ているので、私の言うような考えは持たないかもしれない。

私はふと、遥か神代に近いような昔、垂仁天皇の時代、田道間守《たじまもり》という名の宮廷人がいた事を思いだした。彼は、この垂仁天皇の命を受け、常世《とこよ》の国に赴き、非時香菓《ときじくのかぐのこのみ》を探しに出かけた。恐らく其処は、今の中国の雲南地方や東南アジアの国々であったろう。そこに実っている橘や蜜柑の類が田道間守の目に止まったのではないか。それは現在一般に柑橘類と言われている果物であろう。田道間守が長い時間を掛けてこの蜜柑の類いの物を探し求めて帰国してみると、垂仁天皇は既にこの世には居なかった。田道間守は垂仁天皇の名を呼びながら、陵《みささぎ》の前で男泣きをし、消え入るように死んで行った。中国からはこの頃、秦の始皇帝の命令によって徐福が日本を訪れ、永遠に生きられる薬を探し求めているが、こんなことからも分かるように、人間は常に他の国に永遠に生きられる薬や、香り高い果物などを探し求めて止まなかったようだ。

静岡や和歌山などは立派な蜜柑の産地である。暖かい太平洋の風と黒潮によって生まれる柑橘類がこれなのであろう。しかし私などからみれば、それ以上に国全体が温かく、黒潮の送って来る風に打たれて、四国の柑橘類は何処までも甘いものは甘く、酸っぱいものは酸っぱく、その柑橘類の特徴をよく現わしている様に思える。私の大好きな伊予柑は香り高い甘さに漲《みなぎ》っており、小粒な緑の皮をしているスダチなどは焼き魚などに合う特別な香りを含んだ酸っぱさを持っている。四国の柑橘類は甘さから色々な段階に別れ、最後はこの酸っぱさの限界にまで達している。四国はやはり、何処を見ても柑橘類の豊かなところであるようだ。最近松山の友人から伊予柑を戴いた。柑橘類の中でどんな種類の蜜柑よりも甘さを感じるこの伊予柑に私は舌鼓をうった。この伊予柑の甘さには心が躍ってしまう。もう少し酸味が無ければと舌の好みが違う人もいるのは当然だが、酸味の多いスダチを、焼いた秋刀魚に絞りかける事も私にはたまらない魅力である。そんな秋刀魚の味などは正しく秋の風の中で味わう日本の味覚なのだろう。

今度の四国の旅から戻ってから、私は土佐の友人から不思議な味わいのする「碁石茶」というのを送って貰った。これは阿波の番茶と並んで四国の珍しいお茶の一つでもある。その製法には特別なやり方がある。先ず茶の葉を漬け物にし時間をおくと強烈に醗酵して来るのであるが、そのとき発酵したものが独特の匂いとなり、舌に感じる何処か酢っぱ味のある香りとなる。お茶は中国の雲南の奥の方からこの世に現われたものだと言われているが、今では全世界に伝わっている。世界の多くの言葉の中でもこの茶は「ちゃ」と呼ばれているようだ。この碁石茶も又何処までも山深い土佐の大豊町に昔から伝わる珍しい茶である。阿波の番茶と同様この大豊町の碁石茶は土佐茶の中の一種である。こういう製法のお茶は世界広しと言えども存在しない筈である。二段発酵の茶であり、発酵菌は自然な四国の山野から漂って来る天然の菌であって、そういう煎茶が他の茶とその香りが同じである訳がない。豊かな発酵菌を十分に含んだこの碁石茶はいったん天日で乾し上げるのである。完全に乾し上がると、このお茶は一見並んでいる碁石のように見えるので、そこから「碁石茶」という呼び名がついたようだ。初めてこのお茶を飲んだ時、その味は何処か酸っぱく、他の地方のどの様なお茶とも明確に区別がついた。喫して味わっただけでは、このお茶の成分までは分かる訳はないのだが、碁石茶の製造元の一つは、このお茶が乳酸菌や酵素が豊かに含まれており、これを飲むと元気になる事を説明している。初め飲む時にはその特徴ある酸味や匂いなどが、少しばかり気になるかも知れない。だが各地の漬け物や塩や梅干しなどと共に味わうならば、やがてこのお茶は土佐の廻りを囲っている太平洋の風と混じり合い、無くてはならない風味となるだろう。

味もそうだが、あらゆる生き方の特徴には、ある意味での「慣れ」というものがあり、この慣れに親しむ時、人間は確かに一つの事に中毒してしまうのかもしれない。何事にも、中毒する事のない一般的な味や味覚や学問などというものがあるが、それとは別に初めは嫌いだったり好きでもないものがあって、やがてそれに中毒してしまうと、それからは離れられなくなるものである。お茶の場合も同じことが言えないか。私はそんな一つの変った味覚をこの碁石茶の中に感じたのである。

夏目漱石ははっきりと言っているではないか。お茶は飲むものではなく、喫するものであると。しかし喫するお茶と飲むお茶とはその種類が大きく分けられる。碁石茶はその点、飲むお茶である。漱石が喫したお茶は又別であろう。私がここで話している土佐茶の一つ、碁石茶は特に香川県の海岸地方の人々によく飲まれているそうだ。

三十八　桂浜

高知市の南の方に、土佐湾に望んでいる海岸地帯がある。その殆どはまるで西洋の港の様に見え、そこに建つ幾つかの白亜の建物は近代的な工業地帯にも見えている。朝から晩まで小さな船の往来が多く、この工業地帯が元気に息衝いていることを私たちに教えてくれる。その一角に桂浜は存在する。巨大な竜馬の銅像が松林の丘の上に、更に高く聳えている。その周りは常に観光客で一杯である。目の前に見える土佐湾には、例え鯨が泳いでやってきても、潮を噴いても、別に驚く事ではないと旅人の私たちは考えてしまうのである。

私たちは、竜馬の大きな像の後ろの方の、更に高い丘の上に建っている「桂浜荘」という五階建の国民宿舎に投宿した。私たち夫婦が泊った部屋は五階の角にあり、部屋の窓からは土佐湾が一望できた。眼下には桂浜の海岸に打ち寄せる白波を観た。更に手前には竜馬の大きな銅像を隠すように立っている何本もの松の木を観た。

投宿したその夜、友人の案内で潮騒《しおさい》の聞える海辺近くの砂浜を歩いて見た。竜馬の銅像の下まで登り、そこを下りて砂浜から遥か丘の方を見ると、丘の上にははっきりと桂浜荘の全体像が広がっていた。しかも幸いなことに、私たちの投宿した五階の部屋は煌々と輝く光の下に見えていた。桂浜海岸や竜馬の銅像のこんな近くに私たちの泊った宿があるという事が、後になってとても良い記念になるだろうと思ったものである。

きらきらと朝日が昇る土佐湾を見ながら、又夕べの潮騒と同じ海のうなりを次の朝、目を覚ました時に聞きながら、私は若い竜馬がやがて土佐藩を脱藩するほどの心になった事を、幾分なりとも理解する事が出来た。

この朝再び私たちは、大きな朝日に向かって顔を向けている竜馬の銅像の下に立ち、何枚かの写真を撮り、浜辺の道を昨晩の様に同じコースを辿りながら散策した。そこに私はずっと昔の早稲田の先生であった大町桂月の碑を見た。かつて東北に住んでいたころ、私の旅行書の中に桂月の本が十冊近くあった事を覚えている。彼が関東か関西の出身だと私は思っていたので、こんな遠くの四国の地まで、しかも桂浜の海辺まで辿って来たのかと思い、酒に溺れ、生徒たちと学問の話と旅先の話をした彼を思えば、そこには若山牧水の旅と重なる一面を見ることができる。如何にも大の男であった牧水や桂月の心には、結構深い叙情の流れが見られたようである。十和田湖や、日光、箱根などといった日本中の名所を上手い筆づかいで書いてあるのが、彼と彼の弟子たちの旅行記であった。彼がこの桂浜にも立ち寄って、それなりの感動を得た事を私は深く理解したが、私の何冊もの桂月の旅行記の中に、この桂浜の事がどの様に書かれていたかどうか、今になっては思い出すことも出来ない。

四国に生まれた私の友人の手紙によれば、桂月はこの高知の生まれであるという。これを聞いた私はびっくりしたのである。それならこの桂浜辺りを散策した桂月の姿は、その昔、当然人々の目に止まったことであろう。桂浜に建っている桂月の碑をみただけで、短い文章を書いた私だったが、私の友人は桂月の名前の脇に刻まれていた桂月の歌を正確に私に教えてくれた。

見よや見よ　みな月のみの　かつら浜、
　海のおもより　いづる月かげ

大町桂月はいつも不格好な着物姿で日本のあちこちを旅して歩いた。人々は彼の姿と別人の姿をよく間違えたとも言われている。ある意味では昭和の終わり頃の年をとったヒッピーの感じも彼にあったのかもしれない。彼は明治初年の正月頃、高知藩土佐郡北門筋に生まれている。そこは今日高知市永国寺町と呼ばれている。私の友人の話では土佐町の酒造会社の一つでは「桂月」という銘酒を造っているという。桂月の存在はこの辺りでもかなり評判となっていることはこれからもよく分かる。

果たして竜馬やその他の世界に目を向けた土佐藩の若者たちが、月夜の晩にこの桂浜で、明日の日本を大きく夢見、酒を酌み交わしたかどうか、それも又私の理解の外側にある。何故ならば、友人の運転してくれた車が、高知市内からこの桂浜に来るまで相当の時間が掛った事を覚えている。美しい桂浜の月夜の晩も、昔、車のなかった時代に明日を夢見た若者たちが、高知の町から歩いてこられたかどうか、大いに疑問である。しかしあの夜、私たちが潮騒を耳にしながら、暗い桂浜の散策をしていた時、そこには若者たちが酒を飲み、音楽に興じていた。この現代の夜の若者たちの行動を考える時、百数十年も前の若者たちがこの桂浜までやって来て、最後の別れの杯を交わしたことなども考えられない訳ではない。又桂月も同じ桂浜の月を眺めながら酒を酌み交わしたのかもしれない。もし大町桂月がこの辺りの昔の若者の心を書いているなら、もう一度彼の旅行記を読んでみたい。桂月はよほど桂浜で眺めた月が美しいと思えたのか、自分の名前である「桂月」を「桂浜月下漁郎」から取ったようだ。

私の住んでいるこの東海地方に生まれ、やがて東北に旅し、そこで死んだ菅井真澄という人物もいる事だが、南四国で生まれ、最後には東北の蔦温泉で次のような辞世の句を作って生涯を閉じたのは桂月であった。

極楽の　越ゆる峠の　一休み
　蔦の出湯に　身おば清めて

三十九　水軍の港

四国はどの県も海に囲まれており、そこには当然今日で言う海軍の力、即ち水軍の勢力が強い所であった。地方では夫々半ば海賊の勢いを持ちながら、辺りを通る商人の船や漁船などから通行料を取り立てていた。その中でも河野水軍や村上水軍等はかなりの力を持っていた。だが少しずつ力を伸ばし、最後には四国全土に覇権を持つ様になった長宗我部の軍団は、戦国時代の終わり頃まで大きな勢いを示していた。現在、幕末のころ大いに活躍した坂本竜馬の銅像が建っている桂浜の丘辺りは、長宗我部一族が不便な大高坂城から移って来て、浦戸城として砦を築いていた所である。そしてその周りは天然の良港であって、それなりに城下町が美しく整っていった。長宗我部の領主や家来たちは、その地方の住民たちと余程気心を通じさせていたようだ。彼らを城の下に招き、忽ちにしてそこに城下町が形成されていった。城は城だけで周囲に目を光らせていられる訳ではない。城下町に集まる人々の心を捉える事によって、どんな大きな、又小さな城でも鉄壁の構えとなるのである。「一領具足」の人間が集まる城下町であって初めてそこに建つ城は、どんな軍団にも負けないものとなる。国内のあらゆる処から集められる貢ぎ物の集積所となったり、長宗我部のような水軍を外国へ送り出す基地ともなったのは、こういう事実から考えれば極めて自然のことと理解できる。それからの十年間は長宗我部一族の城として、浦戸は大いに栄えた。その城の地図は、『皆山集』の中に描かれて残っているそうだ。

さて、長宗我部元親は長宗我部国親の長男として岡豊で生まれた。彼は幼いころ決して頑強な身体も持たず、少年として特別強い訳でもなく、どちらかと言えば、女の子の様に優しく無口な子供だったと言われている。しかし彼は大人になると、大きな働きをし、長宗我部一族の中の中興の祖として誰もが認める所となった。彼が二十二才の折、初めて長宗我部一軍を指揮してその先頭に立ったが、長宗我部一族が治めていた土佐の人々は、皆、彼を「出来人」と呼んで、彼の手柄を称えたのである。彼の両親に対する以上に、彼に対する家来たちの信頼心は熱いものになったようだ。彼は永禄三年、父、国親の後を継いで土佐の国を治めるようになった。土佐のあちこちには未だ彼に従わない豪族も居たが、天正三年には遂に土佐全土を自分の支配下に治めてしまった。彼は四国の王として「我れ諸士に、賞禄を心のままに行ひ、妻子を安穏に扶持させせんと思ひ、四方に発行して軍慮を廻らし」と部下たちに約束し、事実その様に周囲に領地を広げ、それから十年の歳月を掛けて完全に四国を我が物にした。だが天正十三年に四国征伐に向かった豊臣秀吉の前では、その勢いに破れ、土佐一国だけを治める身となった。次の年には秀吉の命によって、豊後の戸次川の戦いに向かい、残念ながら長男の信親を死なせてしまった。この時の元親の悲しみ様は酷いものであったようだ。それからの元親には、若い頃の「土佐の出来人」の勢いはなく、次から次へと起こる諸問題等の中で苦しみながら生きた人生であった。国の重要文化財となっている『長宗我部地検帳』には、長宗我部元親百ヶ条等の法令の制度や、居城を岡豊から高知を経て浦戸に移動させて、そこに城下町を作る事など、雄大な計画が記されていたのである。浦戸、即ち桂浜辺りが、今と違って大きな城下町として栄えることが、いつまでも変わらぬ元親の夢であったろう。

天正十九年の一月下旬、土佐湾に珍しく鯨が泳いで来た。浦戸の港に迷い込んだ十六メートルもある鯨を漁師たちは小舟に乗って取り囲んだ。元親は浦戸城が竣工したのに併せ、こんな「大きな魚（当時は未だ鯨は哺乳類ではなく大きな魚と言われていたようだ）」が浦戸湾に入って来るとは実に吉慶な事だと大いに喜んだ。未だ一度も鯨を見たことの無かった彼は、何としてでもこの鯨を捕って来るようにと漁師たちを励ました。遂に鯨は彼の前に差し出された。その時元親はこの鯨を関白殿に見せなくてはと考え、多くの船を漕がせて、千里の海原を必死に大阪まで運んだ。一ヶ月ほどかかり大阪の河口へ辿り着いた。秀吉はこの貢物を見て驚き、これまで一度としてこの様な大魚を見たことはないと上機嫌であった。彼はこの喜びで心を大きくし、鯨を捕った浦戸の漁師たちに大枚の金子を与える様に命じた。

元親は秀吉の前で大いに褒められ、面目を更に一新した。だが、秀吉の亡き後、秀頼の時代に入ると、豊臣家も少しずつ没落の道を辿り、慶長五年の秋、長宗我部盛親は関ヶ原の一戦で西軍（豊臣方）につき、徳川軍の前に破れた。徳川家康は、豊臣方に味方した諸一族を許しておく訳がなかった。長宗我部一族をどうしても改易させなくては家康の気持ちは納まらなかった。それまでは長宗我部一族のものであった土佐全土は、長宗我部一族から取り上げられ、その後には山内一豊が浦戸城に入ることになったのである。

土佐の領地を長宗我部から受け取るために、井伊直政の家臣である鈴木平兵衛、松井武太夫の二人が浦戸にやって来た。ところが長宗我部を慕っていた部下や領民たちは浦戸城に立籠り、その余りにも激しい抵抗の故に直政の二人の家臣は城に入ることが出来ず、その夜、長宗我部の家臣たちや浦戸の人々は一種の一揆を起し、鉄砲九十余丁や弓や槍を持ち出し、直政の二人の家来の泊っていた寺に押し入り、何時間も交渉をした。ところが長宗我部一族の中にも、天下の情勢ははっきりとしていると認め、その中の桑名弥次兵衛や数人の者は、一揆に味方するような振りをして、不意をつき、八人の一揆の首謀者たちを突き殺し城を占領してしまった。鈴木平兵衛たちが泊っていた寺は一揆に囲まれていたが、彼らはこの情勢を知って城の方に急ぎ向かった。この事件で討ち捕られた一揆の主導者たちの中の二百三十七人は首を斬られて浦戸の町の辻に晒され、その後は塩漬けにされて大阪の井伊直政の許に送られた。首を失くした一揆の胴体だけは浦戸に埋められ、今日その跡は石丸神社になり、浦戸一帯の人々の詣でる所となっている。又、六体地蔵は一揆に倒れた人々を慰めるために、ずっと後になり、昭和十四年の暮れに高知県の寺、吉祥寺の住職であった堀川善明尼が地方から浄財を募り、これを建立《こんりゅう》したと言われている。

浦戸の浜にはこのように長い歴史が残されている長宗我部一族以前にも、それなりの歴史があった筈である。それから浦戸湾に鯨が姿を見せたり、秀吉亡き後、長宗我部一族は姿を消し、徳川三百年に亘る歴史の中で、浦戸がどの様に栄えて来たか、又落ちぶれて行ったか、そこにはあらゆる処に見る人間社会の歴史の一つが活き活きと映って来るようだ。

四十　秀吉に近寄り過ぎた元親

『土佐物語』の中で長宗我部元親は単なる地方の豪族であったが、土佐武士の先頭に立って戦う、いわゆる土佐の人間が言う所の「土佐の出来人」として見られた時、既に四国一円を抑えるだけの器量人に成り上がっていた。又二十才をちょっとばかり越えた辺りの元親は、家臣や領民たちに対してすっかり人生の在り方を知った人間の様に、深い心遣いを持って接した。

慶長元年、即ち一五九六年の夏、浦戸湾にスペイン船サン・フェリペ号が漂着するという大事件が起った。サン・フェリペ号はフィリピンから遥々メキシコに向かって航海していた千トン以上もある大きな船であった。中には修道会士が七人も乗っており、二百三十人以上のスペイン人も乗り込んでいた。漂着したこのサン・フェリペ号をわざわざ訪ねていった元親は、沢山の酒や雌牛などを贈り物として船乗りたちに与え、メキシコまでの長い航海が無事であるようにと励ました。その後、サン・フェリペ号は港に入ろうとして誤り、大きく座礁し船は大破してしまった。乗組員も乗客も一旦浦戸に下船させ、この座礁によって湾内に流れていった数多くの荷物を集めさせた。この事件は結構大きなニュースとなり、大阪の秀吉の耳にまで伝わった。秀吉は、奉行の一人、増田長盛を検分のために浦戸にまで遣わしたのである。海から拾い上げた積荷を長盛は一つ一つ検査して廻ったが、それらの荷物の中から海図を発見した。スペインの航海士にこの海図の説明を求めたのだが、航海士からは、「スペイン人は全世界のあらゆる国々と貿易を行なう事を求め、もしもスペイン人が虐待されるようなことがあったら、その国を力で奪おうと考えているのだ。この目的のためには先ず初めに宣教師を送り込み、西洋の宗教であるキリスト教を広める事を考えている。」という言葉が返ってきたのである。この言葉を聞いて元親と長盛は首をひねって相談し、「スペインは日本を征服するためにこのサン　フェリペ号を送ったのに違いない。宣教師というものは日本人の間にキリスト教を広め、住民の心を仏教などから引き離し、その後で強烈な軍隊を使って日本を占領するのかも知れない。」と考えたのである。浦戸を守っていた侍たちは、このスペインの難破した船の乗組員から全ての所持金や積荷などを没収し、四国はじめ、紀州辺りからも呼び寄せた水軍たちの八十三叟の舟で没収したものを秀吉のいる大阪に持って行った。長宗我部元親はこの手柄によって秀吉から大枚の銀貨を与えられたとも伝えられている。

この事件の後、秀吉はじめ、元親も、他の大名たちや水軍たちの頭なども、異国の宗教であるキリスト教をバテレンの宗教と看做《みな》し、近づく事さえ怖れたのである。決して油断の出来ない悪魔の宗教といった感じで庶民たちも又これを扱うようになった。秀吉は、はっきりとしたキリシタン弾圧の政策を取り、こういう事が原因したのか、やがて長崎二十六聖人の殉教という事にも繋がっていくのである。中には何人かキリシタン大名となった人々もいないではなかったが、彼らのその後の運命は一様に良いものではなかった。

関ケ原の戦いで多くの西方についた武士たちは日本にいる生活に飽き飽きし、東南アジアに向かって船出した。そういう西方の敗残兵たちを海外に送り出す事に家康も少なからず手を貸していたようだ。その中には、山田長政の率いる日本人武将から成り立っている強い部隊に加わった者もいた。長宗我部一族というこの巨大な水軍も、秀吉の膝元についている限り問題は無かった。事実長宗我部一族も浦戸城下の住民たちも、四国のあらゆる処に住んでいる人たちも、当時この後にやって来る徳川政権が生まれる明日の日本を考えるだけの余裕は無かった。関ヶ原の戦いで、とにかく秀頼の側、西方に従っていた多くの大名たちと共に、長宗我部水軍は、完全に破れた。これによって長宗我部一族の存在は全く浦戸辺りから姿を消すことになった。土佐をこの後治めたのは山内一族である。山内一族は江戸時代の終りまでずっと土佐の国を支配していた。

私たちは三百年の徳川将軍の治める日本の中の山内一族の歴史時間と同様に、四国の歴史を語ろうとする時、長宗我部一族の歴史や浦戸の物語を忘れてはならないと思う。

四十一　一領具足《いちりょうぐそく》

四国にはその昔から、心の何処かでこれと信じたら、時代がどう変ろうとも決して動く事のない信念を持っていた人々が多くいたようだ。

私は別のところで、「とさのさむらい」ということを書き、この土地の侍たちの勇敢さを書いたことがある。しかしそれは単に侍だけの事ではないようだ。城下町の人々も農民たちも同様に、例え天子様がやって来ても将軍様が一軍をひきいて攻め寄せて来ても、土佐の殿様の他には何一つ怖れるものがないとばかりに命を捨てて戦う心を持っていた。

かつて未だ成田空港が出来てなかった頃、私は台湾の飛行機に乗って羽田からアメリカに行ったことがある。ニューヨークの北の方、ボストンの奥の山の中にコンコードという所があるが、昔、一切の文明の道具を捨てて、その森や湖に何年間か純粋な人間として生きたアメリカ人がいた。彼の名はソローであり、ハーバード大学出の大変な知識人であったが、文明の世の中の人間的な貧しさを意識し、釣道具一式以外は文明の器具を一切持たずに、このオルデンの森の中で過ごした。彼の住んでいたこの辺りに行こうとして途中或る川の畔に出たら、永遠に燃え続けている炎が傍らに見えた。その昔、未だアメリカがイギリスの植民地であった頃、攻めて来るイギリスの兵隊と戦うために、一、二分でそれまで着ていた貧しい農民の服を軍人の服に着替え、鉄砲を持って戦場に駆けつけたアメリカ人を、今でもアメリカ人は「ミニット・マン」と呼んで崇め、彼らを記念するために「永遠の火」をここに灯し続けているのである。

土佐の農民たちは、僅かな田畑を与えられ、侍の様に殿に仕えることはなかったが、一旦敵が攻めて来れば鍬を投げ棄て家に駆け込み、余り立派とはいえない武具を身につけ、細い針金を編んで作ったような手甲脚絆《てっこうきゃはん》を着け、痩せ馬に跨がり敵陣に殴り込み、時には命さえ捨てる事があったようだ。こういう処に土佐の人間の意気込みを見るような気がする。彼らは正しく、アメリカの「ミニット・マン」と同じであった。四国の人々の言葉でこういう言い方で呼んだ。即ち英語で言う「ボランティア」のことを、「一領具足」と尊敬した市民兵、今でも浦戸に残っている六体地蔵尊には、「一領具足」に対する四国の人の熱い心が宿っている。『土佐物語』の中には、この、半ば野武士と化して領主のために気違いのようになって攻めて来た敵と戦い、侍たちの命令も忘れてしまうこういう土佐の人々の心持ちを「一領具足」とはっきり詠んでいるのである。これは関東や東海地方に昔よく見られたヤクザの世界の、一宿一飯のために命さえ投げ出した人々や、自分の妻を無理矢理実家に帰し、それから命を捨てて戦った男たちの生き方に、何処か似てはいまいか。物事には余りにもやり過ぎてはならない場合もあるだろうが、基本的には私たち人間は、心の何処かで厳しい「一領具足」の考えがしっかりと宿っていなければ、人間としての形が整わないのではないかと思う。

浦戸には今でも一つの碑が建っている。それは「一領具足」の心を持った人々を祀っている碑である。私は今度の高知旅行の中で、浦戸のこの「一領具足」の碑や長宗我部元親の勇ましい像や、元親の墓のある長浜の方には行ってみなかったが、やはり徳川政権の下で長い時代を生きて来た山内一族の天下よりは、長宗我部一族の歴史の中に土佐の重みを感じてならない。

　現代社会の中で生きている日本人には到底考えもつかないが、ただ便利な社会に生きているだけが能ではないようだ。

四十二　寺田寅彦

　寺田寅彦は、生まれが高知の人ではない。彼の父の仕事の関係により、未だ明治の明るさがはっきりと見えて来ない明治十一年の十一月二十八日、東京で生まれている。四才から十九才までの子供時代から青年期に入るまで、寅彦は高知市の小津町で成長した。彼の育った高知市のこの土地は、いま寺田寅彦記念館として保存されている。松山時代の夏目漱石から教えられた人々が多くいるように、二十才になった時の寅彦は、九州の熊本第五高等学校に入学し、在学中そこで教鞭を取っていた夏目漱石から英語を手ほどきされている。漱石という人物はこういう意味においても、四国、九州でそれなりの教育関係の大きな足跡を残していた。二十二才の時寅彦は東京帝国大学に入ったのであるが、同じ四国出の歌人、正岡子規の家も訪れている。熊本第五高等学校にいた頃にも、漱石から多少俳句の基本を教えられていたようだが、東京に出て、しかも同じ四国出の俳人、子規を訪ねた寅彦は、恐らく言葉の写生ともいうべき子規の新しい時代の俳句の形式に、深く出会ったのではないかと思われる。子規も脊髄カリエスで悩む身となったが、寅彦も肺尖カタルとなって四国に戻った。故郷高知市の西の方に在る中村街道に面した須崎市の療養所でしばらく静養した。広く土佐湾の広がるこの辺りで寅彦は、彼の研究に役立つ様々な学問にぶつかった。「海水振動」や「波動論文」などは、この時代の病める寅彦の中に生まれた学問ではなかったか。私は寅彦の一、二冊の随筆作品の、ごく一部しか読んではいないが、随筆家としても彼の存在は忘れてはならないものになっている。土佐高知の少年時代の様々な思い出が、これらの数多い随筆作品のなかに描かれている。『昼顔』『花物語』『常山の花』『のうぜんかずら』など彼の書くものには随分と植物の名前が出て来る。

寅彦記念館を訪ねた時、私は家と庭との間の飛び石づたいに歩いて見た。その傍らには今でも生え残っているが、寒竹も見られ、季節になると筍が顔を出すという。こんな事をも寅彦は『庭の追憶』という作品の中に美しく書いている。彼の遊んでいた頃もこの飛び石はちゃんとあったようだ。

私は子供の頃のある一時期、十人ほど下宿人がいた事を思い出す。その中の一人に、「野呂さん」という伊勢の青年がいた。彼が故郷から私に土産に持ってきてくれたものは、いつも肉桂であった。彼の故郷三重県は肉桂が産地なのかと少年の私は思ったものである。彼は飛行場に勤めながら、蒸気機関の働きをする、高さ二十センチ、長さ三十センチほどの模型機関車を自分の手で作った。水を入れて機械の下にアルコールランプをかざすと、水は熱くなって蒸気を吹き出し、幾つかの大小の車は、廻転を始めるのである。明治の初め頃寅彦の父、利正は息子寅彦のためにそんな昔の蒸気機関車のモデルを買ってやったらしい。やがて彼が物理学者として多くの論文を纏めたり、二年間ドイツやイギリスに留学するような人間になったのにも、父の、この模型を買ってやった姿が大いに後の彼に力を与えたのではないかと私は思う。

それだけではない、彼は亡くなる数年前、「航空評議会臨時評議員」にも選ばれている。同じ四国の生まれである二宮忠八と彼は、何度か逢っていたと思う。長い航空機時代の夜明けの中で、彼らは空への思いをどの様に語り合ったか私には分からないが、そこには色々な面白い話が二人の間に花を咲かせたことであろう。

台風のやって来る四国土佐湾の辺りを見ていた寅彦は、海洋学にも大いに心を燃やした。それに関わる気象学に関しては『高知県下の竜巻について』とか『海鳴りについて』や『夕凪と夕風』という様な論文とも随筆とも言い難いような作品を次から次へと書いている。日本の明日を夢見た竜馬が描いていた土佐湾や、日本各地のことと共に、紀行文学者的な桂月の言葉によって書かれた土佐湾とは多少違った別な思いで、新しい時代の中で寅彦は故郷の思い出の多い土佐湾について、様々に書き残し、研究し、人々と語ったことであろう。

四十三　竜馬とピストル

十七、八才から、坂本竜馬の生き方の中には、常に土佐武士の勢いが含まれていた。しかし戦いや争い事の嫌いな彼の性格は、幼い日からの彼の生き方の内側に働いていたものであった。土佐の侍の中には、結構人斬りが好きだったり、剣の道を何処までも貫いていった者が多かったが、姉さんから剣を習い、江戸では一、二年足らずの修業で身につけた彼の剣の道は然程使い物にはならないと私ならずとも、かなり多くの人にはよく分かることである。なかなかの西洋好みで、西洋の話を聞いたり喋ったりすることには幾ら時間を費やしても気にすることのなかった彼であった。幕府の侍の先頭に置かれた勝海舟の下で勤王派の彼が吹き込まれた西洋の様々な話は、彼の明日の日本を思う心を激しく波打たせた。どの話の一つを取り上げてみても、彼が会う友に話して聞かせるのに多くの時間をとった。このような西洋事情を話す時の竜馬の表情は実に明るく、まるで日本から離れて世界を股にかけて歩いているような堂々とした風格があった。彼は護身用に大小二丁の「スミス・アンド・ウエッソン」のピストルいずれかを常に懐に忍ばせていた。自分の持ち物である名刀を腰には差していたが、いざという場合には刀よりもピストルの方が彼にとっては都合がよかったのかも知れない。

昭和二十年、日本が戦いに破れ進駐軍が日本に入って来て何年目のことであろうか。私は通訳として、日光の奥に在る中善寺湖畔の観光ホテルで働いていたことがある。月に一回日光の町に下りて行き、観光ホテルの本店である金谷ホテルの真向かいにある足利銀行日光支店に足を運んでいた。日本人従業員に渡すための二百五十万円の札束を携えて、私はホテルに戻った。当時日本の札は百円までしかなかった。唐草模様の風呂敷に包んだ札束は実に大きなものとなった。ジープを運転していたアメリカの若い兵隊の傍らには、二十七発の弾の入っているカァービン銃が置かれていた。ジープの後ろに乗っていた若い黒人の兵士も又カァービン銃を手にしていた。助手席で二百五十万円の金を膝の上に乗せている私は、懐にアメリカ陸軍の将校や下士官が貸与されていたコルト・ガバメントというオートマチックのピストルを忍ばせていた。アメリカの将校は、「いつ強盗が出て来るかも分からない、十分注意してくれ」と言って、銀行に行く時には必ずピストルを手渡してくれたのである。このピストルに装填《そうてん》されている弾は、実にずんぐりとしていて、コルト・ガバメントを持つには余りにも日本人の手は小さかった。日本は戦争に負けても人々は実に大人しかった。日本中何処をみてもあの頃は、強盗が出たような事件は一つもなかった。私は何度か観光ホテルの裏の山で、練習のために撃ったことはあるが、一度として的に命中したことはなかった。しかしあの頃私が教えられたピストルを分解して油を注ぎ、もう一度組み立てる仕事は、ピストルを出されれば今でもできるような気がする。この前の戦争の終ったころピストルは人を撃つためには一度も使われたことはないが、竜馬のいたあの幕末の頃、刀やピストルは、日常茶飯事として使われていたのかも知れない。ピストルが、命が狙われそうな時に護身用として役立つ時代は決して人間にとって良い時代ではあるまい。今でもアメリカでは一人一丁のピストルが持たれているという話を聞いたことがある。小学生などが、父や母の護身用を無断で持ち出して、教室などで大事件を起こすという話は、アメリカではよく起きている。

竜馬にとって持っていた二丁のピストルは、ある意味で刀以上に彼の精神の支えだったかも知れない。土佐湾に登って来る太陽の光に大きな夢を抱き、脱藩して四国を離れるころ、土佐の山の中の村人たち、特に若者たちの中には世直しをしてくれる竜馬を賛美して、国のための大英雄だと言って彼を送り出したようだ。土佐人は気も荒いし、一旦燃えた心はそう簡単には納まらないようだ。私の生まれた栃木県辺りにも、福島の会津若松に向かう土佐の侍たちの足跡が残っている。あちこちに幕府軍に討たれて死んだ土佐武士の墓が今でも残っている。日光の少し手前の今市市に残っている土佐武士の墓の何と数多い事か。錦の御旗を先頭に立て、太鼓ラッパでやって来た官軍の中で土佐武士の勢いは、九州の元気な侍以上に意気盛んであった。

坂本竜馬は、手を出したそのカンパニーの事業家になっていれば、明治になった世界で大きく名を成したに違いない。武士の道だけではなく、その他の事に余り多く手を伸ばした所に彼の不幸があった。もっとも、若くして死んでしまうこの不幸がなければ、その後の時代の日本の英雄になる事はなかった竜馬であろう。ある詩人は謳っている。

「銅像の偉大さに比べたら、本人はそれほど偉大ではなかったかも知れない。」

四十四　竜馬に関するもう一つの意見

　四国の北の方の松山の人々は実にゆったりした口調で、物に豊かで人間が大らかな伊予地方を説明している。一方、南の太平洋に面した土佐湾に囲まれた土佐地方は、あらゆる点で人間が豪快で大らかなようである。人間の生き方が厳しく、そういう人々によって作られている町そのものが、厳しさで覆われている様に見える。

　少年時代の竜馬は元気でガキ大将のような少年としてあちこちに描かれているが、そこには地元の人たちの依怙《えこ》贔屓《ひいき》という点も多少あるのではないかと私には見える。むしろ、私の目には最も自然な竜馬の子供時代が実感され、友達と喧嘩をすれば泣いて帰るような一面があったのではないか。郷士と言えば侍の中でも足軽に等しい存在である。そんな郷士の中でもかなり上の方の格式を持っていた竜馬の一族であったと高知の人たちは大いに威張るが、ここにも身贔屓の一端が少しばかり私には見えて来る。

　竜馬の姉さんなどが何くれとなくこの少年を強い男にしようとして健気に励ましていたのだが、その中の話の幾つかは、今日の私たちの耳にも入って来る。多少はひ弱だった小さな竜馬を水の中に投げ込んで、自分で上がって来るまで助けもしなかった大女の姉さんには、彼をより大物にしようとする心が在ったことはよく分かる。幼少の頃から剣術を庭先で教えていたのもこの姉であった。この大女の姉に敵う訳もない竜馬は、ごく自然に少年の中にあった心の弱さなどが消されて行った。「はちきん」な姉の勢い多い力は当然竜馬の心に、又身体に、男としての力を与えていったのである。

城下町土佐は、山内一豊が治めていた尚武の気性の強い武士の土地だった。第一、初代土佐藩主一豊には話に名高い千代という良妻がいた。彼女が持参金として持って来た金を差し出して、一豊のために名馬を買ったという話は、日本中の誰にも知られている。彼女の生まれが何処であるかということは色々な説があって、近江の生まれであるとか、岐阜県の郡上八幡市が生地であるという説もある。郡上八幡市の柳町に在る城山公園には、名馬の脇で意気揚々とした夫一豊が立ち、その傍らににこにこした千代が立っている銅像が今もある。こんな尚武の気性の豊かな処で育った郷士の竜馬が、当然あらゆる意味で強かったことも容易に想像がつく。彼は土佐藩を脱藩した。それから山道を辿って伊予の方に出たが、江戸や京都や長崎など彼の足跡は新しい日本の明日を夢見ながら何処までも前進した。彼は今で言うならば、意気盛んなヒッピーの一人では無かったかと思う。行く先々に、又、高知にも好きな女性を残している。江戸では何年間か、やがて必要だろうと考えながら千葉道場に通い、武芸を身につけ、やがては免許皆伝の腕前になったとも言われている。幼い日、姉から手ほどきされた剣の腕前も考えると、彼はそれなりの剣術使いであることは想像がつく。しかし多少なりとも居合道をやっていた私から見れば、問題点も目につかない訳ではない。今日の武芸者は、せいぜい毎日の仕事の傍ら、一週間に一度、日曜日に何時間か練習するのが関の山である。しかし私の場合はほとんど毎日、居合刀や真剣をぶら下げて道場を訪ねていた。それで病気するまでの七、八年通い、道場の拭き掃除までやっていたが、この程度では五段程にしか進むことが出来なかった。竜馬の場合、子供の時の姉の手ほどきは別にしても、一、二年で免許皆伝とは、何かが足りないように思う。しかし彼にはその事が分かっていたのではないか。いつも懐にはアメリカ製の実弾入りのピストルを用意していたと言われているが、事実彼の死後スミス・アンド・ウエッソンのピストル大小二つが残されていた。着物を着ながら靴を履き、如何にも洒落者の竜馬は、やがて外国と多くの点で繋がって行く日本を考え、何処までもコスモポリタンな若い日本人だったのでは無かったか。大きな船を手に入れ、先ず手始めに日本の中で貿易商人になろうとした彼は、カンパニィーという言葉を使い、ビジネスという言葉を使い、半ば侍であって同時に事業家の姿も見せていた。勝海舟の弟子になったという態度の中には、明日の世界情勢に心がはやってたまらなかった大きな竜馬がそこにいた。日本国内で、勝った負けたと騒ぐ武士たちの争いに彼は手を出していったが、それこそ彼の命取りとなった。もう少し身をひき、カンパニィー作りに励めば良かったのではないかと私は思う。この辺りにも土佐人の元気さがあったのか。公武合体とか、諸藩の存在の無くなる事などは、彼の中では第二の事になっていれば良かったのだ。亀山社中のことで彼の心は一杯だったに違いない。竜馬ならずとも、土佐の人々にはこういう大らかな心が働いているのだろう。桂浜の巨大な竜馬の銅像を仰ぐまでもなく、土佐湾の彼方、太平洋の彼方に昇る陽射しは、高知の人々の熱い心を私に思わせてくれる。

四十五　高知城

これまで私は各地の城を見て来ている。大坂城や名古屋城、姫路城そしていま住んでいる町の近くにある犬山城、どの一つを見ても豊かな個性に満ちている。如何にも巨大な天守閣を持ち、屋根の上には鯱を備えている馬鹿でかい名古屋城と比べ、木曽川の畔の犬山城などは、今でも個人の所有するものであり、その小さな城は昔のまま、木造の櫓《やぐら》その侭の素朴な城の形をしている。しかも巨大な名古屋上に比べ、まるで個人の家のような小ささである。大坂城などは、下から天守閣までエレベーターがつけられ、見方によっては城というよりは、現代建築のビルそのものである。

秋の午後、私はそれまで聞いていたし、写真ではよく見る高知城の大手門の前に立った。大手門は如何にも大きいのだが、廻りの石垣は実に素朴で、大きな岩をそのまま山から運んで来たような感じが見て取れた。矢狭間《ざま》も鉄砲狭間もかなり間を置いて並んでいるので、職人たちが技を小さく使い、安上がりに作ったようにも見えた。それに反して大手門の大きさや作りの頑丈な所は、如何にもこれには金を使う事を惜しまなかったような藩主の気持ちがよく見えている。この辺りから遥か彼方に天守閣がよく見える。姫路城や大坂城のあの特別な漆喰の倉に窓がついている様な、矢でも弾でも通す事のない戦時色の豊かな印象は一つもない天守閣がここにあった。天守閣は、今にも乙姫様が出て来て手を振ってくれるような感じのする竜宮城の一角を思わせてくれた。初代一豊の頃に築城されたものか、その後の何代目かの藩主によって改築されたものか、私には分からない。しかし石垣の素朴さに比べて大手門の大きさや天守閣の華やかさは、この城を造った藩主の性格をよく現しているようだ。周りから見える所、又は大手門などを頑丈に仕上げた築城の主《あるじ》の華やかな心や、余り金を掛けずに作った矢狭間、鉄砲狭間、更には石垣の素朴さは、彼の実利本意な築城の精神が私には見え隠れしていた。こういう高知城の性格が理解できると、今はほとんど隅櫓くらいしか残されていない江戸城を、色々な点で比較しない訳にはいかない。全く合戦の無くなった処に築かれた江戸城は、女たちの一角である大奥などを中心とした処や、日本各地の大名たちが将軍に会う場所が中心であり、そこには合戦用の城の性格は全くなく、今の永田町か、国会議事堂の役目しか果たしてはいなかった。外様《とざま》大名と譜代《ふだい》の大名たちが、その石高は別として、はっきり分けられた柳の間や菊の間などがあり、彼ら大名たちが座らせられた部屋が統一されていたことからも、江戸城は戦時色の全くない、政治本意の城だったことがよく分かる。こういう江戸城と比べ、土佐の厳しい侍の心を持った人々が上がったり下りたりしていたこの高知城などは、他の日本の城と同じように、全く別の精神性の中で生きていたところであり、尚武《しょうぶ》の精神が活き活きと働いていた処だと見て取った。

ヨーロッパの、特にライン川の畔のドイツの古城（シロス）や、今は半ば観光地となり、ワインの貯蔵庫になっているフランスなどの城（シャトー）を頭に置いて日本の城を考える時、侍や騎士が出入りする殺風景にして戦いの心しか無かった西洋の城も、常に切腹をする心を忘れず用意していた侍の思いが充満していた日本の城の内部も、現代の心しか持っていない私たちは、はっきりとした精神性又は理解力のずれの中でこういった城を解釈し、理解しなければならないようだ。

最後の土佐藩主山内容堂は捕えられてしばらく身の置き所がなかったが、やがて彼の「建白書」は認められることになり、徳川幕府は大政奉還を容堂の考え通り受け入れたのである。日本及び、世界の新しい情勢を見回しながら、新しい日本の明日のために脱藩した竜馬やその他の数多くの四国の志士たち、又他の地方の志士たちを思う時、土佐の武士たちの心の中の深い夢が今日の私たちにもよく見えて来るようだ。こういった土佐の武士たちの間から、鎖国されていた幕府の力を打ち破り、そこから新しい明治の産声を上げさせるのに力を貸した多くの人間が出たことを思えば、話はよく辻褄が合うのである。

　高知城の大手門の前に立ち、先ほども言ったように華やかな天守閣を観、素朴な石垣に目をやりながら私は江戸城などとは全く違う侍の気質や、城そのものの建築学的な心の中心に有る何かをはっきり知ることが出来た。或る意味では犬山城も、又姫路城も、この事に関しては別の形の城だったのではあるまいか。名古屋城のあの風格と大きさは、何処から見ても奇麗に着飾った女性の様に見えているのは、大半の日本人の心であるように思う。「尾張名古屋は城で持つ」という言葉はこの城の華やかさを明確に現している。尾張名古屋の西の方一帯の侍たちから何とかして名古屋以東を守ろうとした徳川幕府の思いが、この名古屋城の存在に秘められている事を多くの日本人は知っている。その点土佐の国の高知城は、間違いなく高い尚武の精神に立つ土佐の侍たちの心を現わしている様だ。かつて私は関東の方に戦いのために出かけ、そこで死んだ土佐武士のことを『とさのさむらい　はらきりのはか』という文章で書いたことがある。確かに土佐の侍の心が今なお、この高知城に残っているようだ。

十年以上も前のこと、その頃私は熱心に、ほとんど毎日居合道場に通っていた。そんなある年、例年の様に東京で読者たちの集まりに出ることになった。その中に、いつも熱心に高知の方から来てくれていた友人がいた。私の、居合道に夢中になっている事を知ってか知らずか、お土産として私に手渡してくれたものは、ずっしりと重い鉄鍔《つば》であった。私の居合刀や真剣にこの鍔を差し込んで見たが、実によく似合った。手元が少しばかり重くなって、刀はそれだけ自分には持ち易くなった。毎週日曜日高知城の下には色々な店が並ぶという。そこで友人は、恐らくは、かつて土佐の侍が身に着けていたであろうこの鍔を手に入れてくれたらしい。彼は今回、私の四国の旅に手を貸してくれた。今でも東海地方に移ってからの私の手元には、この分厚い鉄鍔が、他の石洲鍔などと共に置かれている。五年前大病を患って以来、刀を振り回すだけの体力が無くなったが、その内又このような土佐の重い鍔をつけて真剣を握ってみたいと思っている。

高知城を下から眺め、私の胸の内には、まだまだやらねばならない夢を再確認している所である。

四十六　朱い「はりまや橋」

私は子供の頃、ずっと祖父や祖母のいた北関東の栃木県で育った。五才頃になって東京は八王子の両親の元に行ったが、再び小学校に入る頃からずっと北関東の空っ風の中で育った。万葉集にも出てくる歌の中に歌われている、自由な男女の関係が繰り広げられた筑波山という山が近くに在った。同じ関東と言っても、栃木県やその隣りの茨城県は実に人々の言葉が荒い。北の福島県の言葉ともよく似ている。私の言葉が未だに訛りのある栃木弁から抜けきれないのもそのためである。私の住んでいた、人口一万もない小さな町には五行川という川が町外れに流れていた。その近くには昔、徳川時代の前に城が在ったのだろう、城山という小高い丘の一角が在った。子供の私たちは「城山五十銭」という言葉を、その意味も分からずよく口にしていた。その城山の近くに在った雷《らい》神社には若い神主がいたという。ある時彼は城山に登り、いつもそこにやって来る奇麗な若い娘に、「五十銭上げるから、身体を見せてくれ」と言った。誰が言ったかこの話はこの小さな街中の人に知られることになった。こんな事でもなければ、ニュースもないような田舎の町では大人も子供もこの「城山五十銭」の話で持ち切りだった。こんなつまらない話でこの小さな町の人々は、何十年も騒いでいたのかと思うと、後になってそれを知った私はとても可笑しくなった。

今度初めて四国を訪れ、山々を越えながら友人が運転する車で、愛媛から高知に入った。山道から自然に下りながら高知の町に近づいた時、愛媛の松山よりは小さい町だときいていたが、そこに建っている幾つもの建物や広い道路は、かなり大きい都市として私の目には映った。友人が「はりまや橋は余りにも小さいので見落としてしまうから、気をつけて見ていて下さい」と言った。私たちの車は確かに「はりまや橋」をゆっくり進んだが、朱《あか》いはりまや橋はちらりとしか見えなかった。高知の民謡にもあるように、昔、若い坊さんが自分の彼女に贈ろうとして簪《かんざし》を買ったのが、この橋の袂《たもと》だと歌われている。この小さい橋も昔は、その下に川が流れ、橋の袂には、一、二本の木も植わっていたかも知れない。若い男女がデートするには良い場所だったようだ。

一月の　若き僧侶の　青頭

前から私はこの「はりまや橋」の民謡を知っていたが、幼い頃聞いていたあの「城山五十銭」の話と重なるこの橋の脇を通った時などは、はっきりと頭の中に「城山五十銭」が浮かんで来た。友人はこのはりまや橋を見る前に、「本当につまらない橋なので驚きますよ。」と言って「ドイツのライン川と同じように世界でも珍しいつまらない所です」と言った。しかし私はボンの方に向かって汽車の窓から眺めたことがあるが、確かに薄黒い舟の行き交うライン川は然程感動的なものではなかったが、やはりローレライの断崖などや、一キロくらいおきに山の上に建っている古城などは一見に値するものだった。そしてあの小さな「はりまや橋」も、そこでデートをした昔の若者たちや、「はりまや橋」の下を流れていた川を想像する時、「城山五十銭」という経験の有る私には決して単なるつまらない朱い橋ではなかった。人間何事においても、その人の幼い頃の経験やら深い体験に基づく忘れられない思い出があるならば、どんな小さな、例えば「はりまや橋」の短くて朱い色の経験などは、その後の人生において忘れることの出来ない思い出になるのである。四国に着いて間もなく松山の結構年のいった人が「この辺りの川には、昔はシジミがよくとれたものです。」と言ってたが、私の中の幼い時の「田圃の中の田螺《たにし》の経験」とそれは重なり、これも、これからも忘れられないものとなるだろう。

四十七　皿鉢（サワチ）料理

桂浜の竜馬の巨大な銅像の背後、松林の奥に「桂浜荘」が在る。四国旅行の最後の一泊は、この桂浜荘の五階であった。私たちは土佐の友人に案内され、その晩は生まれて初めて食べる「皿鉢料理」をこの桂浜荘で戴いた。

まず初めに「サワチ」という言葉が何を意味しているか、そこから始めなければいけない。ある土佐の人間はこの皿鉢料理を「浅鉢の〝ア〟が省かれて〝サハチ〟となり、サアチと地元の人に発音される様になった。」といっている。又別には「皿鉢」という言葉がそのまま〝サアチ〟となったとも言われている。元来皿鉢は有田焼の大皿であったり、伊万里焼の大皿であったり、九谷焼の色彩豊かな大皿であった。中には朱塗りの漆器であったり藍墨の土佐能茶山焼きなどの場合もあった。日本全国各地には、夫々の名物料理があり、その地方だけの郷土料理が旅人を慰めてくれる。高知の皿鉢料理も又その中の一つであるといえばそれだけのことだが、坂本竜馬を初め、多くの元気な人々が生まれ存在した事を考えれば、土佐湾に向いているこの明るい海の町、土佐の郷土料理「サワチ」は、それなりに一つの豪快な意味を含んでいた。「皿鉢料理」は旅人の私の味覚を大いに喜ばせてくれた。

この辺りからの私の言葉は、高知の友人の言葉の受け売りが少し入っていると思って欲しい。「サワチ料理」と言われるこの言葉の中の「サワチ」は高知辺りでしか見ることの出来ない大皿の事である事は先に書いたが、大皿といっても関東や東北の人間が想像できる範囲の大皿のことではない。とにかく両手で抱えなければならないほどの大皿であり、その表には赤や黄色や緑、更には金箔など様々な色合いで目出度い時に使われる意匠が施されている。

他の地方の人々の目には何処か一見ケバケバしく見られない訳ではないが、この広々とした太平洋をバックに、そこに泳ぐ大きな鯨を思いながら土佐湾を考える時、沢山の酒を飲み大いに踊り狂う土佐人の祭の様を想像することができる。私には「サワチ」と呼ばれるこの大皿も、又その色づかいがどんなに派手なものであっても、そこに乗せられた様々な種類の刺し身などと共に、忽ちこの地方の人々の元気な性格と何かが重なってしまうのである。

昔は婚礼の席、誕生日、又は氏神様の祭の席で、十八キロもある重たい皿鉢が、井桁に組まれた枠の上に載せられ、下には滑車をつけ、三人ぐらいで大広間に運んで来たという。しかもそういう「ハレ」の時の皿鉢料理は、たたきや刺し身、更には煮物や焼き物や揚げ物など様々な海の幸、山の幸、野の幸を盛り上げ、その中心には何といっても巨大な王様としての鯛の活き造りが盛られていたという。人々は思い思いに自分の好きなものを好きなだけ皿鉢から自分の小皿にとって食べるのである。もともと中国辺りの豪華料理が素《もと》になったのか、小皿に取る所など、今でも行われている中国風のテーブルセットと何処か似ている一面があるようにも思われる。私の友人は私が酒を飲まないことを知っているせいか、酒は注文しなかったが、高知の人たちが言う「こじゃんと（徹底的に）うげる（歓待する）」彼の態度はこちらにはよく伝わってきた。

恐らくこの辺りの人々は昔から男も女も一様に「いごっそう（頑固者）」で「はちきん（おてんば）」なのであろう。関東や東北の様に女を祭の時に忙しく働かせ、男はただ酒を飲んで威張っているといった姿はここにはないようだ。山のようなご馳走を「サワチ」と呼ばれる大皿に盛り、そこに酒を用意すれば、後は何も要らない。男も女も子供も年寄りも「うどみ（がやがや大騒ぎする）」そこでは「ずつない（苦しいこと）」事を全く忘れてしまうのである。彼らは誰も彼もが実に自由人である。「皿鉢料理」とは男も女も老人も子供も元気に騒ぎ、あらゆる種類の祭を心から祝う時に出される料理なのであろう。

「皿鉢料理」として出された刺し身などは単なる刺し身ではないようだ。あらゆる種類の魚が、この土佐湾で獲れたとばかりに誇らしげに大皿の上に乗っている。こんな場面に出逢うなら誰であっても、自分が健啖家《けんたんか》でなければならないと知るかもしれない。食の細い人間とか、病気で余り胃の中に食べ物が入らない人たちには、この「皿鉢料理」は怖く見えるであろう。好き嫌いの多い人などもこの大皿の前で絶句するかもしれない。それとは反対に、少しぐらい憂鬱で考え込んでいるような人間も「皿鉢料理」を前にすれば、忽ち元気になるのではないか。それぐらい皿鉢料理は「まっこと（本当に）ごっつい（すごい）料理」なのである。

四国を離れる前の夜、私は生まれて初めてこの「皿鉢料理」なるものを味わわせて貰った。土佐湾に跳ね上がる初夏の味覚、初鰹と共にこの海から獲れる全ての海の幸は、この町の人々をここまで健康にしたのかもしれない。日本人は、肉や魚というけれど、やはり海の幸や野の幸としての数々の魚や野菜でもって、これだけ元気なのであろうか。

ごく最近は土佐の家庭では同じ「皿鉢」であっても、かなり小振りな、そしてプラスチック製のものを備えている家もあるそうだ。余り大きな皿であると、女には持てないのかもしれない。又海の幸を乗せるにしても、余り大振りでは大変だという事も考えてか、最近では小振りの皿の方が多く利用されているようだ。見方によっては、海で働く大の男が潮風に当たりながら山ほどの海の幸を大皿に乗せるのが本格的なこの地方の「皿鉢料理」だったように私は思っている。こういう、地方の色々な料理の中でも、私はこの「皿鉢料理」はどの地方の郷土料理よりも豪快であると信じて疑わない。

四十八　二つの物部村

一つは土佐の東の方に在る古い村である。もう少しすればこの村も日本中の何処の村とも同じように、高知市辺りと合併することになるのかもしれない。丁度それは松山の北の方に広がっている〝風〟で有名な北条市が、今年の一月松山市に合併したのと同じ事であろう。

高知の友人が色々な野菜とともに或るとき一塊の肉を送ってくれた。私も私の家族も恐らくこの肉は土佐湾でとれた鯨肉であろうと思っていた。しかし彼から送られて来たメールによって、これが鹿の肉であることが分かった。しかもこの鹿肉は物部村の山の中で彼の友人によって射止められたものであることを知らされた。

私の友人は幼い日、彼の村から隣村の「物部村」によく遊びに出かけたものだという。この村の名を聞いた時、私は自分が北関東の宿場町で育った頃、その北にこれと全く同じ名前の「物部村」のあったことを思い出した。戦後間もなくこの村も私の住んでいた宿場町も、そしてその他の幾つかの町や村も合併し、「二宮町」となったのである。昔の小学校にはソダを背負って「大学」や「小学」、「論語」などを読んでいた二宮金次郎の銅像が間違いなく校庭に建っていたものだ。又小学校が国民学校と呼ばれていた頃、天皇陛下の写真を飾っていた「奉安殿」の傍らに、この碩学、二宮尊徳の少年時代の銅像が建っていた。子供の頃の私たちは、「山ゆかば　草生す屍……」とか、「……手本は二宮金次郎」といつも歌わされていたものだ。貧しい家に生まれ、弟たちの世話をし、病気ぎみな両親の代わりに小さい身体で近所の田植えなどの手伝いをし、終わると、残って捨てられた苗を貰って自分の家の田圃に植えたと言われている金次郎、やがては小父さんの家に預けられ、余りにも夜遅くまで勉強をするので、行灯の油が勿体ないと小言を言われ、その油賃を稼ぐためにも働いた金次郎であった。子供の頃のこういう人物で、のほほんと大きくなる者は少ないようだ。彼は成長すると小田原藩の武士に取り立てられ、二本差しの身となり、常に人々の生き方の中で大切な倹約という学問の基礎を教えて廻った。彼が二宮尊徳として人々に人間の生き方の中心である学問の骨組みを教えて廻っていた頃、小田原藩は彼を北関東の「物部村」に行かせた。この物部村は怠け者の多いことで有名な土地であった。初め二宮尊徳の教えなどは人々の耳には入らなかったが、やがて少しずつ彼の教えは村人たちの暮しの中に浸透して来るようになった。私の育った宿場町の隣りにはこんな可笑しな村が、かつては在ったのである。ほとんどが天領であって、徳川幕府の命令で高級官僚が五年とか、十年の間、いわゆる「代官」としてそれらの土地の管理をしていたのであるが、「下野《しもつけ》無宿」とか「上州無宿」などと呼ばれて関八州のあちこちを騒がしたり、江戸に出て人々を脅したりしていた人々が幾らでもいた。それから考えると、「物部村」の村民たちだけが、あながち怠け者であった訳ではあるまい。小田原藩は、大久保一族の手によって間違いなくきちんと治められていた一つの藩であったのだが、小田原藩の人たちから見れば、下野の物部村の人々などは、手のつけられない農民たちのように思われたのも当然である。碩学、二宮尊徳などが選ばれて物部村に赴き、「桜町陣屋」にでんと構えたのには、じゅうぶん意味があったのである。

高知の東に在る物部村は北関東の物部村とはだいぶ意味が違う。この村の人々は結構働き者が多く、その昔は役行者が開いた場所であるとも言われており、その後にはずっと阿倍晴明を頂点とする陰陽道が栄え、そればかりか修験道も広まり、真言宗や天台宗といった密教系の仏教もけっこう栄えたが、中心は阿倍晴明たちから広められた呪術の世界の実践であった。そのためか、この物部村には呪術師の数が実に多かった。しかし彼らは日常生活の中では、他の人々と全く変わることなく、田畑を耕し、普通の農民の生活を営んでいたようだ。彼ら呪術師たちは、代々「太夫《たゆう》」と呼ばれ、彼らの家は人々の尊敬の的となっていたとも言われている。陰陽道の中で彼ら太夫は「いざなぎ流」の祈祷師と言われていたと物の本には書かれている、それによると、この山深い物部村で彼ら太夫たちは祈祷と呪法をする事を仕事の中心とし、彼らの中の女性たちも巫女や占い師となって男性の祈祷師と一つとなって存在したらしい。こういう物部村の中に伝わった陰陽道の生き方は、いわゆる「祭文《さいもん》」を読むことから始まるのである。物部村の太夫たちが口にする「祭文」はいわゆる「いざなぎ流祭文」と呼ばれ、恵比寿、荒神《こうじん》、地神《じじん》、土公《どくう》、山の神、水神などといった「いざなぎ流の七通りの祭文」と呼ばれている基本であり、そこから様々な祭文の形が後に続くのである。物部村の太夫たちの唱える「祭文」は膨大な数になり、「祭文」を記した書物などは、その太夫が死ぬと全て祟りや障りが起らないようにと処分された。そういう理由によって「いざなぎ流の祭文のテキスト」は今日の私たちにはどんな物であったか想像もつかない。太夫たちは色々な御幣《ごへい》を作り、その独特な表現を通して、神や霊を召喚したり、憑依することが可能だったのである。土佐のこの物部村はこういう意味でとても不思議な村だ。村全体が一見田畑で働く素朴な農民たちの様に見えるが、実はその中に、代々太夫として「いざなぎ流」の祈祷師や占い師として働く者が多くいた。

血の中の　記憶太古の　春の夢

北関東の物部村などが、二宮尊徳の持っていた農政学の指導によって何とか当たり前の社会生活に入れた人々であった事を思えば、同じ人間でも、神の霊を扱う土佐の物部村の人々と彼らの間には、人間性の何事かにおいて格段の違いがあったようだ。ただ漠然と働いて生きる人間と、深い精神性の中に深入りして生きる人間との間には、当然生き方のレベルの違いがはっきりと見られるのである。私の友人もメールで書いてよこしたが、「土佐の物部村」とは、「神々」と「人々」が目に見えない関係で繋がっている処だと言っている。じじつ物部村では現代でも太夫を招き、毎年、家祈祷《やぎとう》をして貰っているのである。大抵は一日でこの家祈祷は終るらしいが、神様が揃わない時は一日では終らない場合もあるそうだ。この地方の人々には阿倍晴明から伝えられている陰陽道の精神が活き活きと残っているようだ。しかもそれに加えて、真言宗とか天台宗といった仏教の中の密教と重なり、人々の心は他の地方とはかなり違って独立した呪術世界の大きな広がりを見せている。普通は田畑で働きながら、一旦事が起こると、彼らは呪術師として、人々の前に立つだけの自信のある人間であったようだ。それはあたかも白人たちの中にキリストの精神が宿っているのに何処か似ている。又北アメリカに上陸した旧大陸の開拓者たちが、その一面において土着のインディアンの陰陽道に似たような呪術の世界を見たのとよく似ている。四国、特に高知県が元気な処であると言われているのにも、坂本竜馬たちのような元気な人間が多いのにも、こういう物部村辺りの力が働いているのではないか。

春四月　男無頼と　なりにけり

この物部村の森で、繁殖し過ぎて捕われたという鹿の肉は、色々と物部村のことを考えながら、とても味わい深く戴く事が出来た。

四十九　土佐のでかい果物

高知市から少しばかり西の方に下がったところに土佐市がある。ここでは「くろしおすいか」と名づけられている、形としては少し小振りな西瓜が栽培されている。初め私は日本各地で西瓜は夏穫れるものだと思っていたから、「期間が十一月から四月の間」と言われた時、この「くろしおすいか」が他の地方の西瓜と違って暮れから春にかけて穫れる普通の西瓜だろうと思っていた。それはとんでもない間違いであることに後になって気づいた。一株に一個しか育てないこの立体栽培の木なりの西瓜は、日本の他の地方で、地面に這わせて幾つでも結実させる大玉の西瓜とは本質的に何かが違うのである。

一本の木に先ほども言ったように極上の品質の西瓜を一つだけならせるというのは、まるで普通に飲むお茶と違った、茶道のそれの様に何か深い精神性が宿っているようだ。実際、真っ赤に完熟した「くろしおすいか」は、糖度十一度以上もあって正月頃に味わえるこの甘さは、誰にとっても驚きの対象になる。確かに、冬の最中のころに完熟する西瓜であるだけに、多少小玉である事はやむをえない。土佐市から地方に発送されるこの西瓜は子供たちだけではなく、大人にとってもクリスマスの楽しみとして、又正月の飾り物として大いに喜ばれることであろう。

同じことはこの同じ土佐市や春野町で栽培されているマスクメロンについても言える事だ。彼ら土地の人々は、このメロンを「アールスメロン」と呼び、いかにも南国土佐の名産として他の地方に売り出している。このメロンの作られる期間は十一月から八月にかけての頃である。とにかく、冬でさえ暖かいこの地方の気候と合わせて土佐の人々の大変な熟達したメロン造りの技術と相まって、私たちの住む東海地方の海の辺りで作られるメロンとも匹敵して、その姿や味は果実としての芸術にも似た美しさを持っている事を私は教えられた。

更に、子供の頭ぐらい大きな新高梨は、佐川町や高知市、春野町の名産である。しばらく前、新潟県の「天の川」という甘い梨と「今村秋」という高知の梨を交配して作られたのがこの大きな形の新高梨である。日本でも最高級の大きな梨だけに、他の地方の人々にはその味と共にその大きさが喜ばれているようだ。

私は子供の頃、関東の片田舎の祖父の下で育ったが、夏の暑い盛りになると、宿場町から離れた「長島」という部落に小粒の梨が熟していた事を覚えている。「長十郎」というのがその梨の名前であった。皮も剥かずに子供ながらにガリッとかじると、祖母に皮を剥いて貰った時と違って、この梨の歯触りの悪かった事を今でも覚えている。あれは「呉」を出て、二度と帰って来ない沖縄決戦に向かった弩級戦艦「大和」が豊後水道を渡って南に進んでいた頃だった。子供だった私にはそういう日本軍の事情など知る由も無かったが、「長十郎」の小さい粒と、剥かれていない肌の濃くて茶色の感じだけが私の口の中に残って未だに思い出される。「新高梨」の皮を剥かれた大きなあの甘さの感じは、ここ最近の私の嬉しい味覚体験である。「新高梨」はそのまま手で持つと、一キログラムもありそうな逸物であって戦争前私が手にした

「長十郎」の比ではない。

土佐市や香我美町では「土佐文旦」と他の物が掛け合わされ、新しい種類の「文旦」を作っている。風味豊かな味と、透明感そのものの見た感じが、果物の本格的な美しさを現わしていることから、地元の人たちはこの文旦を「水晶文旦」と呼んでいる。やはりその大きさは高知の果物らしく、実に大きく、他の地方の人々はそういう味や形や大きさに先ず驚かされるであろう。

文旦という柑橘類は、初め中国でザボンと呼ばれていた。やがて京劇の名人であった女形の「文」の名字がつけられ、その下に女形を意味する「旦」がつけられた。結局この巨大な直径三十センチ以上もあるザボンに「文旦」の名がつけられたのには、どんな意味からであったのか、今では誰にも分からない。江戸時代、薩摩の国にこの文旦が伝わり、昭和四年頃高知県に紹介された。それから土佐文旦の広がる地盤が四国に生まれたのである。最近の朝日新聞で、文旦に関してこんな風に書かれていたコラムを目にした。土佐湾に面し黒潮の押し寄せる海を前にして、こういう果物はどの一つを取ってみても、先ずその風格から私は魅力を感じてしまうのである。

この辺りは、単にこういう驚く様な果物に接するだけではなく、室戸海洋深層水と言った苦塩が多く、逆浸透膜ろ過水、濃縮水が百パーセント入っている深層水を汲み出している。今では日本中のあちらこちらで深層水を汲み出しており、それを飲料水として売り出しているが、室戸深層水は、その先鞭をつけていたのではあるまいか。

五十　日本文化史やアニミスティックな日本人的体質に投影している

四国

キリスト教の経典である『聖書』の最初の文章には、はっきりとこの人間の世界が暗闇の中にどろどろと油が流れたようになった処から出来ている事を教えている。私たち日本人にも、この島国が同じようにその初めに作られている事を、はっきりと『古事記』や『日本書紀』の中で語られている。

「国稚く、浮く脂の如く、海月の如く、漂へる時～」

同じ『古事記』の中には大八州《おおやしま》が作られた時、男の神と女の神が初めて子作りに精を出した事が書かれている。余りに騒ぎ過ぎた女の神を窘《たしな》めた男の神は、少しばかり気を悪くし、セックスの行為の後に、その時生まれた子を海に流してしまった。その子神こそ四国の東に存在する淡路島である。

四国は淡路島の西の方に乳白色の形をして浮かび上がって来た別の子神であった。名前を「伊予之二名嶋」とその昔は呼ばれていた。これこそ大海原に突然現われた土地であって、今の四国を意味しているのである。この四国が海の上に現われた時、四国で最も高い石鎚山の頂上が先ず見えて来た。乳白色とは今なお霊山の峰にきらきら輝いている雪なのではないだろうか。

大八州の人々や四国の人々は、かなり昔から、高い山というものは、ごく自然に神の宿る場所だと考えていたようだ。そこに日本人の心の中に成長して来たアニミズムの思想が極めて自然にあったようだ。しかもこのアニミズムという信仰の最も原始的な形は、実は「人間の先祖の霊を祀る」ところから始まった。この祖先崇拝の気持ちの前には、巨大な樹木や巨大な石、更には雄大な川の流れなどが素朴な信仰の対象となった。石鎚山に宿っていると言われている「石の霊」というのも、実は四国の人々にとっては「祖先の霊」そのものだと考えられてもいる。死者の魂魄が高い山に登り始めていくと、自然に生きていた頃の犯して来た色々な罪も汚れも、即ち「劫」や「業」というものが全て浄化されていくと信じられている。「劫」や「業」が浄化されてすっかり奇麗になった先祖の霊は、高い山の上から子孫たちを優しく見守っているのだと信じているのも、四国の人々だけではなく、長い歴史の中で大八州に住む日本人ならいつの時代でも誰も思いは同じであった。事実江戸時代には、「富士講」という名によって知られている、富士山を登る宗教があったが、そこにも、この高い山に登るという先祖の霊の、又生きている者の自己浄化の宗教性を見ることができる。

四国において、魂が浄化されるために集まる場所が、西日本で最も高い石鎚山であることはよく分かる。弘法大師が、遍路の旅をする善男善女たちに科した厳しい修行の場が八十八ヶ所の霊場巡りであると言われている。厳しく言えば、一番目の札所から八十八番目の札所の前と後に、高野山に詣でなければならないのである。さて、その中でも最も厳しい修行の場とされているのが、十二番目の焼山寺や二十番目の鶴林寺、二十一番目の太龍寺、二十七番目の神峰寺、六十番目の横峰寺、更には六十六番目の雲辺寺などがそれである。太龍寺に向かう場合などは、遍路さんたちが歩く距離は結構長いが、他の札所はその門前まで車を乗りつけることができるので、遍路さんたちにとっても今はとても便利になっている。しかしこの中でも石鎚山を見上げるようにして存在する横峰寺は今なお延々と続く勾配のきつい山道しかなく、車などは一切入ることは出来ない。恐らく遍路さんたちは横峰寺に向かう時にはその厳しい山道歩きに苦労し、より多くの「劫」が取り去られるという意味で深い感謝の心を抱くであろう。

横峰寺の前では、この札所に縁のある御詠歌「縦横に　峰や山辺に寺たてて　あまねく人を救うものかな」を若者も老人も喜びの声で歌うのである。こんな所にも石鎚山の厳《おごそ》かな一面が見えて来る。この山の北側の方にある湯浪から登るルートと、南の石鎚農協の脇辺りから登る二つの山道がある。まるでスイスのアルプスの様に、そういった所は何処かが似ているようだ。北側の絶壁はなかなか登り難く、そこで遭難する者もいない訳ではない。

四国の人々は昔この国が、鬼の住む所、又は死者の住む所とも考えていたようだ。縄文時代より前の人々が生きていた、「上黒岩岩陰遺跡」というのも発見されている。又その近くには「二名」という地名の場所もある。そんなところから「二嶋」という話しの出て来る『古事記』の記事は、四国を意味しているものと考えてみてもいいようだ。石鎚山は日本修験道の開祖である

「役小角《えんのおづめ》」が開いた霊峰であると言われている。古語で「石之霊」を意味しているのが「いしづち」なのである。四国の人々だけではなく、大八州の人々も、日本の七つの霊峰の一つとして、四国の聖域だと信じている。その昔法然上人は、四国に流され、自分が辺境の地に住む人々と同じである事を意識し、烏帽子《えぼし》という立派な物も頭に被れない下層の人間である自分を自覚していた。それだからこそ、四国に追いやられた法然は、夫を亡くし子供とどの様に生活して良いか分からず、自分の身を売っていた女の話を聞き、そういう人生も許されて良いとこの女に答えた。正に四国の地はあらゆる意味で人の心と生き方を救ってくれる土地であるようだ。法然の悲しみはそのまま地元の人々の喜びに変わっていった。

　四国の古代文化の中にきらきらと光っているアニミズムの思いは『四国の古代文化』の頁の中にもはっきりと説明されている。昔から四国の人たちは大八州の人たちとは違って、八十八ヶ所の霊場巡りをする事を当然のことと思っていた。しかもそれを頻繁に繰り返している。四国という島の全域が、昔は白装束をして金剛杖を突きながら歩く人々で一杯だったという人たちもかなり多くいる。日本の他の地方に、こんな多くの人々の霊場巡りの場所があるとも思われない。戦前の四国の村の子供たちは、ほとんど毎年村の神社の奥の方で、大人たちが集まることがあるのを覚えていた。そういう会合が終ると、決まってその中の誰か一人が遍路の旅に出たのである。その人が遍路の旅から帰ると、再び神社の集まりが持たれ、そこで村の別の者が姿を消したのである。これくらい四国の人々は常に遍路の旅をする事を喜びとしていた。中には何度も妻や子供を残して霊場巡りをする者もいたらしい。妻たちはそういう遍路の旅の途中で夫が行き倒れになりはしないかと心配する者も出た。死に装束の遍路であってみれば、四国が死霊の住む国であると思われるのも仕方なかったのかもしれない。八十八ヶ所の札所を回る人々の中には、自ら死の国に自分を追いやろうとして左回り、即ち「逆打ち」をする人も現われた。この左回りの八十八ヶ所の巡礼を、死んだ人間の年だけ行なえば一つの奇蹟が起こり、死人が甦るとも言われている。左回りが死者の世界に進んで行く方向ならば、間違いなく右回りは生に向かう方向だったのであろう。行方知らずの息子の生きて帰って来ることを願いながら、紙に拙い文字で「子供を返してくれ」と書いて札所に納める人もいる。彼らは右回りをして子供の無事を願うのである。

徳島の霊山寺から八十八の札所を巡り、香川の大窪寺に至る右回りの旅は、単に四国の大きな地図を前にして、夫々の札所を見るだけでもそれがとても困難な旅であることが一目瞭然の事として分かる。中には本気になってそれらの札所の途中にある石鎚山に登っていく者もいる。彼らは自分の身に降りかかっている数々の罪を落とそうとして盛んに御詠歌を口にする。「なんまいだ、なんまいだで登りゃんせ　登れば御殿が近くなる　なんまいだ、なんまいだ」ここで言う「御殿」とは石鎚山に登る善男善女にとって天国なのかも知れない。荒々しい錆びた鎖を掴んで、彼らが登ろうとするのは、キラキラ光る天であって、そここそが、彼らの魂が求める空なのだ。彼らは、もしかしたら広い天の中に自分が消え入ってしまうのではないかと、考えているのだ。しかし、たいていの遍路さんたちは石鎚山に登ろうと登るまいと、力一杯、とても長い札所巡りを行なう。この霊場巡りには相当な気力が必要だ。だから妻たちが恐れているように、途中で野垂れ死にする人々も少なくはなかった。村の中の誰かが、この遍路という勤めの途中で死んだりすると、そういう男の妻は暫く塞《ふさ》ぎ込んで家から出て来ない。周りの女たちで夫を誘い村を逃げ出そうという者もかなりいたようだ。何年かに一度全てを投げ出してお遍路の長い旅に出るそこは、間違いなく彼らの先祖たちが同じように歩いて来た最古の道だ。巡るだけでそれは大きな目的なのである。江戸時代に巡礼に身を置いた男たちは、ほとんどの場合妻たちの誘いに乗って村や町を逃げ出しはしなかった。そして遍路同士は無駄な言葉をほとんど語り合うことなく、「南無大師遍照金剛」と互いに挨拶したのである。

四国は大八州の中でただ一つ、数多くの霊場や人々が今なお信仰の山として登る霊山を持った島なのかもしれない。それを人々は「死国」とも呼ぶのであろう。

五十一　霊場のある四国

四つの国からなる四国は、余白の地帯でもある。余白の地帯でもあるからこそ、日本中の人々がある年になると、空海が辿ったその路を、八十八ヶ所の霊場巡りとして、巡礼するのである。遍路さんの巡礼の道が最後の八十八番目の「結願《けちがん》」の寺、大窪寺に達すると、人々はこれまでの長い巡礼の山道を思い返しながら、自分が弘法大師と共に、平和な別の国に行けると実感するのである。最初の遍路の寺は徳島県の鳴門市に建っている霊山寺である。この一番札所から歩き抜き、遂に香川県の讃岐市の太窪寺に立つ時、来世に向かうための結願が成就したことを喜ぶのである。毎年仏の道に行かれる約束を求めて日本全国からやって来る遍路さんの数は、何と十五万人にも達すると言われている。江戸時代や明治、大正、昭和の一時期には、四国の人たちの多くは毎年、又は數年に一度ずつ霊場巡りをしていたようだ。中には夫々の村の代表としてこれら八十八ヶ所の札所を巡るのも村の人間の誇りであった。時代も変わって、遍路さんの旅も内容がだいぶ異なり、中にはバスや車や、また、空からヘリコプターで、それら八十八ヶ所の寺を眺める人もいたが、それもこの前のバブルの頃の話であり、最近では実に長い山道千四百キロを杖を突き、笠を被り、輪袈裟、頭陀袋、納経帳、などを持って真面目に巡礼する人が多くなったと言われている。彼らは一つ一つ霊場を恭《うやうや》しく参拝して廻り、四国の人々が言う「打つ」という表現の中に、自分がこの悩み多い現世を離れ、来世に行ける事を喜ぶのである。まるで修行僧の様に、又「私は弘法大師と一緒に歩いているのだ」と、自信を持って信じられる極々僅かなエリートたちは、何と八十八ヶ所の霊場を、結願まで一回で歩き通す「通し打ち」をやるのである。つまり歩いて歩いて、時には自分の背中の所にいて声さえ掛けてくれる弘法大師を実感して、僅か五十日ほどで四国一周の旅をしてしまうのである。だが大抵の人は、何回かに分けて八十八ヶ所の寺を巡って歩く「区切り打ち」をしたり、四つの県を夫々に分けて霊場を巡る「一国参り」をする人々なのである。この山国の険しい道を歩く彼らには、昔から「接待」という休息の場が設けられており、村の人々も又、こういう巡礼者たちにお茶を振るまい、休んで貰うのである。「接待」で彼ら巡礼者を温かく迎える老人たちも、真剣な心で歩いている一人一人の遍路さんたちの背中に、又肩の上に、輪袈裟や頭陀袋の傍らに、弘法大師が一緒に歩いているのを見るのである。彼ら地元の人々には、この遍路さんの八十八ヶ所の霊場巡りを、この世の単なる遊び事とは考えていないようだ。半分弘法大師のいる次の世の山道を歩いている、生きている死者として眺めているのかもしれない。菅笠に白装束に身を整え、金剛杖を持って夫々の札所を巡る彼らを来る日も来る日も観ている四国の人々は、ごく自然に、いつの間にか自分の存在の半分を来世に置いているのかもしれない。彼らの話し言葉の中にも、弘法大師の声の名残りが聞え、敢えて来世に何かを願わなくても既に半分ぐらいは今の生き方の中に、霊場の気分を味わっているのではないか。

世の中が今日のように絡み合い、全てが金で解決する様な不幸な時代になると、心ある老人たちも若者たちも、そういうこの世の便利さと関係のない弘法大師その人と身体をぶつけるようにして語り合い、千四百キロの道程に亘って点在する八十八ヶ所の霊場と、心からなる接待などを一つ一つ体験しながら、その度に自分という人間の汚れが取れていく事を実感するのである。この旅のために用意しなければならない費用も結構馬鹿にならないようだ。この事を考えると、弘法大師と一緒に歩く旅も、決して金が掛からない訳ではない。人間はやはり自分の中で何かを「結願」する必要があるようだ。八十八ヶ所の霊場を一度も見ることなくこの世を去る人間について、どの様に考えたら良いのだろうか。こういう事を頭の中で詮索していくうちに、話は益々妙な方向に向かい、段々と分からなくなっていく。

かつて江戸時代に「冨士講」というのが盛んだった頃からみれば、今の富士山は、何とも汚く、いつになっても世界遺産に登録されることはないようだ。同じことは四国の霊場においても言える事だ。遍路の人々が捨てる空き缶やペットボトルが、霊場まで続く道の傍らに見られれ、この事に気づく人間が立ち上がらなければ、此処も又富士講の二の舞になるだろう。人間の生き方にはやはり余白の美学がなくてはならない。弘法大師もこの世で忙しく動いている人間には声を掛けないであろう。大師も又人間の余白の中でだけ語り掛けてくるのだ。四国がそういう意味ではこの忙しい人間たちの余白を飾る美しい巡礼の道筋である事を私は心から願う。

五十二　淡路島の稲田家

徳島県鳴門市の西の方に、四国八十八ヶ所の霊場の一番札所としての霊山寺がある。そこから二つ三つと四国一周の札所《ふだしょ》を巡ると、香川県の讃岐市に最後の札所八十八番目の大窪寺が存在する。霊山寺と最後の札所太窪寺の間の距離は実に近く、それは、鳴門市と讃岐市は県が違っていても、実に近い北西の方に広がっているからである。淡路島から鳴門市もまるで地続きのように近い。日本中の善男善女たちは先ず鳴門に上がり、最初の札所霊山寺に赴き、そこからこの世の一切の煩悩を捨てて、八十八ヶ所の巡礼の旅に出る。

渦潮の　瀬戸の小舟や　桜鯛

徳島藩、即ち蜂須賀家から成立っているこの藩の筆頭家老は稲田九郎兵衛であって、淡路島の洲本城代でもあった。稲田家と本家である徳島藩が、互いに斬り合うような犬猿の仲になるのは幕末の頃であった。元々は蜂須賀一族の徳島藩とその支藩である稲田家も、蜂須賀一族の中から出たことは分かっている。稲田家の侍たちは、討幕運動の時には特別な働きをして、徳島藩にも大いに認められた。それにも拘らず、士族などといった新しい制度に分けられる時、その様に特別な働きをした稲田家の武士たちも或る人たちは士族に編入されることがなかった。これに不満を持った稲田家の武士たちは、初めは士族にされなかった事への不満を口にするだけだったが、やがて「俺たちは徳島藩から独立し、全く新しい藩をつくろうではないか」と騒ぎたてるものも出た。そのためにこの事変、即ち「庚午《かのえうま》事変」が起こり、稲田一族は一応士族に編入されはしたが、その代わりに北海道移住を命じられた。庚午事変の中では、大阪にあった稲田家の屋敷が、更には淡路島の洲本の稲田家の屋敷が次々と徳島藩の血の気の多い侍たちによって襲われ、多くの死者まで出すことになった。兵庫県の稲田一族から当時十五才だった九郎兵衛を先頭に、淡路島の稲田一族は北海道の開拓に向かわせられた。そこは必ずしも寒いだけの北の国ではなかった。十分に昆布や鯨や鱒や鱈と言った海産物が獲れ、森の中には鹿などもいて、これらを利用すれば決して生きづらい土地ではなかった。明治四年二月には先発隊が大阪から船出して、遥か日本海に出、越前駿河に立ちより、そこから北上し函館で錨を下ろし、そこからは陸路伝いに彼らに用意された土地である静内に向かった。別の一団は東海道を遥か青森まで陸伝いに進み、大湊付近で船に乗り、静内に向かったと言われている。その後の後続部隊は、三艘の汽船に米や麦、農機具、家具などを満載して洲本から船出し、品川や金華山の脇を通り、太平洋を北上し、遂に静内に着いたと言われている。そのようにして何度かに分けて、北海道は静内川の両岸の森に、稲田家の一族郎党は集まって来たのである。

明治四年、未だ日本中が公武合体の中に動き始めていても、維新時の混乱はあちこちにみられていた。徳島藩そのものと、その中の支藩としての淡路島の稲田家の間には、蜂須賀家の関係から兄弟のような結びつきがあり、そこには周りの者が羨む様な繋がりが出来ていた。蜂須賀五千余名の家臣の中で二千人、又は三千人とも言われた稲田家の家臣は、徳島藩の蜂須賀家とは直接主従関係はなかったのだが、徳島藩の侍たちから見れば、稲田家の侍たちは「陪臣《ばいしん》」とか「また者」と羨ましがられたり、憎まれたりしていた。繋がり過ぎる事によって反って人間は、問題を起こすものだ。徳島藩とその支藩である淡路島の稲田家は、その先祖が共に蜂須賀家であったので問題も多かったのであろう。稲田騒動とか徳島騒乱といわれたこの庚午事変の後、監督不行き届きで何人もの徳島藩の武士が斬首になったり、伊豆の大島に流刑の身となったり、禁固の刑の処罰を受けこの事件は一応解決したが、稲田家の武士たちは僅か十五才の領主九郎兵衛邦植を先頭に、北海道開拓を命じられたのは、先にも書いたとおりである。淡路島は四国のどの地方とも変わりなく、色々な作物が豊かにとれる温暖な土地であった。

時代はずっと後になるが、大正の初め、第一次大戦で敗北し、中国の青島辺りにいたドイツ兵たちが日本軍に捕われ四国に抑留された。彼らの一部はこの淡路島にも連れて来られた。こういうドイツの捕虜たちに対し、四国の人々は余程心が温かだったらしい。「ドイツさん」と彼らを呼び、そこにはとても良い人間関係が出来たとも言われている。ドイツの捕虜たちはやがて彼らの国の音楽の一つである、ベートーヴェンの「第九番」をこの淡路島で初めて演奏した。彼らも、そこに集まった淡路島の人々も感動して、この「第九番」を聴いたという。これが日本人が聴いた最初の「第九番」である。淡路島とはこんな事でも分かるように、あらゆる意味でゆったりとした心の優しい人々の土地であったようだ。

しかしこの徳島藩内の二つに別れた叛乱の中で、侍たちの間には後々まで多くの問題を残すことになった。幕末のあの時代において彼ら、稲田家の侍や家族は、この先祖伝来の淡路島に居られなくなった。彼らは国の命令によって、あの寒い雪の大地、北海道の林野に追いやられたのである。しかし明治の新しい時代の中で、北の方に向かったのはこの徳島藩の稲田家の人々だけではなかった。よい例を一つ挙げれば、錦の御旗に叛旗を翻《ひるがえ》した強力な武士団、会津若松主従たちも、青森の氷の地に行かざるを得なかった。その中で僅か八才の武士の子、津田梅子は、寒い青森の地に向かった家族と別れアメリカに渡った。彼女は全く新しいアメリカでの生活や学問と向かい合い民主主義を身につけ、遂には日本に戻って、あの女性のための「津田英学塾」（現津田塾大学の前身）を造ったのである。外国との結びつきを深くするために東京に作られた鹿鳴館で、外交官のような働きをしたのも彼女であった。今でも青森や北海道には、官軍に逆らって追いやられた多くの南の人々の子孫が生きている。今頃まで親子代々北の地で生きざるを得なかった人々は、いつの間にか北の大地にすっかり身も心も慣れ、彼らの先祖がもともといた四国などに旅をして見ても、彼らは、青森や北海道のあの寒さに閉ざされた大地の良さは、四国の山々よりも、豊穣な土地よりも、ずっと楽しいというに違いない。稲田藩の男たちも他の四国の侍たちと同じく、寒さにもめげず、とても元気で強かった。妻や子供たちを守るためには恐れを知らない男たちであり、氷の原野で山を切り開き、小屋のような家を建て、彼らは自分達に寄って来る商人たちとも手を組み頑張ったのである。いつの時代でも言われることだが、腕の立つ侍たちであっても、商人たちの狡さの揉み手の前にはほとんど大人の前の子供に過ぎず、商人に騙され、とても酷い目に遭わされるのが常だった。四国の強い侍たちも、これにはほとんど手を焼き、どうして良いかその方法も知らなかった。四国の武士たちは実に情けない姿のまま女子供の前で途方に暮れた。それからは、そういう男たちの前に出て力を発揮したのは、彼らの優しい妻たちや娘たちであった。彼女たちは厳しい北海道の雪と山の中で益々美しくなっていった。物が有り、金が有り、権力が有るような家の女たちは、多少美しくともやがてそれは消えて無くなる。夫や子供のために頑張る強い女たちは、美しさを益々際立たせる。彼女たちの生活の道を切り開く色々な働きの前で、男たちが気力を回復していったのは当然の事である。稲田藩の男たちは立ち上がった。女たちが颯爽として万事に関して振る舞う時、それまで自信を無くしていた男たちも、本来身についていた四国の侍の大きな誇りを回復したのである。

札幌駅の少し離れたところに「東広島」という駅が在る。又北海道のあちこちに日本全土からやって来た人々が最初に森を開拓し、畑を作り、そこに自分たちの住む所を拓いた人々は、よほど懐かしく自分たちが出て来た土地を思い出すのだろう、北海道のその地に自分たちの住んでいた懐かしい県や村の名前をつけている。一度若い頃、私は東室蘭の奥の方の「地球岬」とかいう丘や「トッカリショ」というアイヌの名前のついた岬のある海岸筋を歩いたことがある。その近くの或る家で聞いた、大阪から移住して来た老婆の言葉を今でも忘れない。大阪から長旅を終え、馬車に乗り、雪の降る寒さの中で現在のこの家が建つ前の小さな掘立小屋に着いた時、今は学校の先生をしている小さかった娘や他の子供を抱きながら、涙がこぼれたと言っていた。大きな室蘭の町を前にして、製鉄所の煙突から噴き出す煙を見ていた私は、もうずっと北海道の開拓時代が過ぎていたことが理解出来た。初めの頃の開拓者は丁度アメリカを開拓したヨーロッパ人たちの様に、数多い悲しみや苦しみがあったろう。二、三ヶ月しか滞在しない私だったが、この室蘭の滞在の間に、北海道という大きなそして厳しい土地の物語の一節を読むような気がした。壮大な日本人の物語が背景になって、何処までも続く厳しい北海道の土地柄と空の広がる大地を見て、四国や大阪からやって来た開拓者たちの心には、どんな思いが宿っていた事だろう。今はとても良い所だと見えるが、大きな牧場をみたり、ラベンダーの咲き乱れる丘という丘をみると、そこには開拓者たちの昔の苦難の面影は何処にも見られない。

初めの頃の開拓者はこの極寒の地をあらゆる事に堪え忍びながら開拓し始めた。淡路島の穏やかな一角に住んでいた稲田家の人々は、徳島藩の騒動の中で、新しく日本を治める様になった明治政府により、北海道に行くように命じられた。世の中は常にお上の命令によって何処へでも動かされる。日本中の諸藩、特に「錦の御旗」に逆らった徳川幕府に忠実だった侍たちやその一族の多くは、北限の地に「北海道開拓」という名目の下で追いやられたのである。

やはり四国は優しい国であり温暖な土地であった。作物も豊かに穫れ、山々が何処までも続き、瀬戸内海や色々な水道と土佐湾から太平洋に広がっている独特の土地である。四国を故郷とする人々には、この国の山や川の優しさが、彼らの心の中に流れている四国弁以上に魂の中に息衝いている言葉《ほうげん》となっているのである。

五十三　四国を離れる日

高知の旅が終り、最後の日の正午頃、私たちは高知空港から四国を去ることになった。松山の場合と違ってとても好い天気の中を小さなジェット機は南の空に飛び上がった。色々と高知で名所や旧跡を案内してくれた友人は空港の建物の上から、私たちをいつまでも見送ってくれていた。南の方には土佐湾が広がっているのだろうが、それは窓の外に見えてはこなかった。

土佐の人間は何事においても大きい事が好きだと言われている。四国の友人に後になって、つまり正月も過ぎた頃、土佐の人間は、丁度関東や関西の人間が大晦日に「年越しそば」を食べるように「鯨肉のすき焼き」を食べると教えられた。確かに土佐湾は大きい。その彼方には太平洋が広がっている。土佐人の心はこんな処からその大らかさが生まれたのではなかろうか。

その昔、長宗我部一族が最後に城を設け、力を発揮したのは浦戸であった。それよりも先には四国からの帰り、女言葉のひらがなで日記を書き綴った紀貫之の場合も同じであって、彼はこの浦戸辺りを四国を離れる船で通っている。『土佐日記』の中にはやはりこの浦戸という名前がはっきりと出て来る。幕末になると、坂本竜馬がこの辺りで友人たちと別れの杯を交わしたことも考えられる。こんな事を考える私の乗った飛行機は、土佐湾の遥か南の方に伸びている室戸岬を遠望していた。キラキラ光る紀伊水道の脇に阿南辺りが遥かに見えている様な気がした。飛行機の窓から眼下に見た土佐湾は、かつて浦戸の漁師たちが、紛れ込んできた鯨を、命を失う事も忘れて捕え、それを長宗我部の水軍や彼方の和歌山の水軍たちと心を合わせて遥か大阪まで紀伊水道を進んで行った姿を思い出させてくれる。「大したものだ、こんな大きな魚がこの世にいるものか」と長曽我部の水軍によって見せられた鯨に、秀吉はよほど気分が良かったと見え、大枚の銀を御朱印に併せて浦戸の漁師たちに与えた。

窓の外には山が見えていたので、私はどう錯覚したのか、未だ室戸岬の辺りを飛んでいるのかと思った。その時一枚の地図を手にしたスチュワーデスが私の傍にやって来て「ここはもう潮岬ですよ」と教えてくれた。和歌山のこの辺りの人々の間には、「普陀落《ふだらく》信仰」というのがあった。立派な僧侶などは、周囲をすっかり釘で打たれてしまう部屋のついた小舟で海に乗り出し、やがて普陀落の浄土に死んで生まれ変わると信じられていた。四国にも又この「普陀落」信仰が土佐湾から太平洋、更にはインド天竺まで広がる思想の中に生まれていたようだ。彼ら四国の人たちも、この地上を離れ、極楽に生まれる事を願ったのではないか。その別の形式として、八十八ヶ所の霊場巡りがやがて作られたようにも思う。

私は既に四国を離れて和歌山の串本辺りに来ている自分を知った。私たちの飛行機は徐々に伊勢志摩国立公園辺りを北上し、津や四日市を左手に、伊勢湾を少しずつ降下しながら飛んでいた。一旦桑名や三川公園辺りを雲を縫うようにして飛びながら名古屋の方に向かって進むうちに、辺りには畑が広がって来た。それはかつてドイツからオーストリヤの上空を飛び、ブタペストの空港に降りるまで、私の乗ったエアバスの窓から眼下に見渡す限り続いていた畑や、同じくプラハからドイツに向かう飛行機の中で眼下に眺めた畑の風景ととても良く似ていた。又イギリスからアメリカのパンナム機に乗って南回りで日本に戻った時、フランスの広々とした畑地帯で私は不思議な気持ちになった。第二次大戦の頃、この辺りでドイツのユンカースやイギリスのスピットファイヤーが灰色の腹を見せながら互いに撃ち合った情景が浮かんで来たのである。ドイツやフランスの畑にそっくりな名古屋郊外の畑を見ながら、私は、世界中何処に行っても、人間の生き方の基本である畑が同じように続いているものだと感心する気持ちになった。人間の文明はその基本に畑や林や森が広がっていなければならない。米や麦が穫れる所に、人間の生きる力が生まれる。しかし工業地帯や商業地帯は、その次の文明の人間の特技であり、もしかすればそういうものは例え無くなっても人間は生きられるような気がした。

四国の四日の旅は実に楽しかった。その旅の中には、夫々の土地の人々の生き方や、考え方がよく現われており、土地の風土がそうさせるのか、私は、一冊の地理の本を開いたりする時間の中で時を過したようにも思える。それ以上に私は何冊もの歴史の頁をめくった体験もして来たのである。人間の心の中の本当の宗教心にも触れたような体験をした。香川の霊山寺からぐるっと四つの県を周り、大窪寺に至る巡礼の話や、その辺りで最も高い雪の峯を見せている石鎚山は、霊山巡りと共に山岳信仰でもって人々の心を慰めている。人間の文明は、常に土や畑と共に存在するようだ。

杯に　桜一片　浮かべけり

あとがき

普通日記の文章には、日付がつけられている。私の書いた『新・土佐日記』には日付は全くないが、数日間滞在した四国に関する粗削《あらけず》りの日記ともいえる手記である事には間違いない。

四国風の色彩をあらゆる意味において純化させ、四国の長い文化史の中で暮して来た人々の生き方をそのまま私の文章行為の中で咀嚼《そしゃく》し、それを同時に異化して説明し、それなりの言葉に置き換えた。だから私の書く文章は他の人々の間で使われる表現とは、同じ言葉でも何処か違い、はっきりと「異化」されているのはそのためである。

四国は同じ日本の文化の一面を持っていながら、詳しく奥に分け入ってみると、かなり色々な面において本州のそれとは異なっているところが見られる。旅したことによって四国という地方の色彩が少しなりとも私に見えて来たことはとても嬉しい。私たちは常に旅をする時、その地方の心の中の色彩を純化したまま持ち帰りたいものだ。

今度の四国旅行を計画し、それを実現させてくれたのは、遠く岩手県の盛岡に住む名久井良明先生である。地元四国では、松山の浅山仁先生御夫妻の並々ならぬ協力を得、先生にはわざわざ伊予の海辺や山岳地帯を車でドライブしても貰った。奥さんには原稿の間違いなど色々調べて頂いた。又高知の野村博君にもどれだけお世話になった事か、高知の案内はもとより、四国についで私が書いている間、息も抜かずに、言葉の違いや遍路に関する宗教性の問題など詳しく教えてくれた。四国に向かう私たちのために、雨の朝早くから車を出して小牧空港まで送ってくれたのは名古屋郊外の春日井に住む津田英作君であった。

私の本に色々手を貸してくれている明窓出版の増本社長からは、今度も早速この『新・土佐日記』を本にしましょうと言って戴いた。いつもの事ながら彼の出版に対する情熱の勢いには驚くものがある。『新・土佐日記』を書くにあたっても私の文章に向かう速さも相当なものだったが、この社長の行動力はそれに勝るとも劣らないものであった。これらの方々の協力なしでは、このささやかな「四国論」は生まれなかったであろう。

改めて私はこれらの方々に心から感謝したい。本当に有り難う！

今度の私たちの四国旅行はもう一つの現代風な「魂の遍路の旅」であったように思う。本書の中に挿入させて貰った数々の野村博君の俳句が一段と花を添えてくれた。

梅匂う　小雨の朝と　なりにけり

平成十七年二月

上野霄里

刊行の言葉

人間の心から紡ぎ出すものの中で最高のものが文学だと思う。文学の中心は宗教心である。ここで言う宗教心とは文明社会で権力を持っている各種の組織宗教とは全く違う。その昔素朴な人間の生き方の中で現われたのが伝説であり、神話であった。『古事記』、『聖書』、『エッダ』等がそれである。

かつて稗田阿礼が口寄せ、つまり語り部だった時、そこには「史」が存在し、太安万侶が稗田阿礼の口寄せの言葉を文章に現した時、其処から今日の文学が出現したのである。「史」と「文学」は同じ所から出現した。「史」即ちエストワールから「文学」ストーリーまでの道程は結構長かった。私達は、本人自身の様々な生き方を通して文学表現が生まれてきた事を知らなければならない。「文学」は単なる楽しみの本を生み出す事ではない。人間の中の宗教心を掴み出す熱い「史」と、「文学」の生み出す宗教心の、または生活の哲学の生まれる道筋なのである。

これからの百年、二百年、千年の間の人間の心を潤す砂漠の水としての力を持ったもののみが、文学として残る事だろう。その為にはたとえ百回失敗しても、その中の一回だけが成功すれば良いと思わねばならない楽しみもあるのだ。そんな意味での文庫本を世に出せるということは、私達にとって無上の喜びである。

新《しん》土《と》佐《さ》日記《にっき》

上《うえ》野《の》霄《しょう》里《り》

明窓出版

平成十七年七月二十九日初版発行
発行者――増本　利博
発行所――明窓出版株式会社
〒一六四―〇〇一二
東京都中野区本町六―二七―一三
電話　（〇三）三三八〇―八三〇三
ＦＡＸ（〇三）三三八〇―六四二四
振替　〇〇一六〇―一―一九二七六六
印刷所――株式会社　ナポ
落丁・乱丁はお取り替えいたします。
定価はカバーに表示してあります。

ISBN4-89634-172-4

http://meisou.com　Eメール meisou@meisou.com

『単細胞的思考』

上野霄《ショウ》里《リ》著　本体三六〇〇円

『単細胞的思考』の初版が世に出たのが昭和四四（一九六九）年、今年でちょうど三〇年目になる。以来数回の増刷がなされたが、今では日本中どこの古本屋を探してもおそらく見つかるまい。理由は簡単、これを手にした人が、生きている限り、それを手放さないからである。大切に、本書をまるで聖書のように読み返している人もいる。

　この書物を読んで、人間そのものの存在価値に目醒めた人、永遠の意味に気づいた人、神の声を嗅ぎ分けることのできた人たちが、実際に多く存在していることを私が知ったのは、今から一〇年ほど前のことである。

　衆多ある組織宗教が、真実に人間を救い得ないことを実感し、それらの宗教から離脱し、唯一個の人間として、宗教性のみを探求しなければならないという決意を、私が孤独と苦悩と悶絶の中で決心したのもその頃であった。これは、私の中で、すでにある程度予定されていたことなのかもしれない。——後略

中川和也論